KB022611

토끼전

꾀주머니 배 속에 차고 계수나무에 간 달아 놓고

8

토끼전

꾀주머니 배 속에 차고 계수나무에 간 달아 놓고

전국국어교사모임 기획 · 장재화 글 · 윤예지 그림

Humanist

'국어시간에 고전읽기' 시리즈를 펴내며

고전을 읽어야 한다는 가르침은 어릴 때부터 귀가 따가울 만큼 들었다. 그러나 몸소 이를 따르는 사람은 흔치 않다. 종종 고전을 가까이하는 사람들이 있는데 이들은 대체로 삶을 헛되이 보내지 않고 훌륭한 일을 이루어 세상에 뚜렷한 이름을 남겼다. 고전 안에 그만큼 값진 속살이 들어 있기 때문이다.

고전이 이처럼 깊은 가치를 지녔는데 어째서 고전을 읽는 사람은 흔치 않을까? 아마도 고전이 사람을 쉽게 끌어당겨 주지 않기 때문일 것이다. 고전은 우리에게 섣불리 손짓을 하지도, 눈웃음을 치지도 않는다. 고전은 끈기를 가지고 파고들어 오는 사람에게만 마지못한 듯이 웃음을 지으며 속내를 털어놓는다. 고전은 요즘보다 훨씬 무뚝뚝하던 옛날에 이루어진 삶이며 글이기 때문이다.

그래서 우리는 청소년들이 고전을 즐겨 읽을 수 있도록 마음을 다했다. 뻣뻣하고 까칠한 고전을 달래서, 부드럽고 친절하게 청소년을 끌어당기도록 손을 쓰고 공을 들였다. 멋없이 무뚝뚝하던 고전을 정성껏 매만져서 두 팔을 활짝 벌리고 청소년들을 끌어안을 수 있도록 탈바꿈했다.

고전은 이제 온전히 겉모습을 바꾸어 청소년들을 맞이할 것이다. 자칫 속살까지 탈바꿈한 것처럼 보일지 몰라도 책을 읽다 보면 예스러운 고전의 맛과 멋을 한껏 느낄 수 있을 것이다. 우리는 무엇보다도 고전이 고전다운 속내와 뼈대를 온전하게 지니도록 하는 데 힘을 쏟았다.

고전은 시공간을 뛰어넘고, 나라와 겨레를 뛰어넘어 세상 모든 사람에게 큰 울림을 준다. 《시경》, 《탈무드》, 《오디세이아》, 셰익스피어와 괴테의 작품이 세상 모든 이에게 가르침을 주듯이, 우리의 고전도 모든 이에게 값진 가르침을 줄 것이다. 가르침이 서로 다르기는 하지만 높낮이가 있는 것은 아니다. 그러므로 세상 고전을 두루 읽어야 하는 것이나, 우리는 우리네 고전부터 읽는 것이 마땅한 차례다.

이런 뜻으로 전국국어교사모임에서 '국어시간에 고전읽기' 시리즈를 펴낸 지 십 년이 되었다. 누구나 두루 즐기며 읽을 수 있도록 쉽게 풀어 쓰고 맛깔나고 재미있는 작품으로 재창조하려고 무던히도 애썼다. 다행히도 많은 독자로부터 분에 넘치는 사랑을 받았고, 우리 고전을 가까이하고 즐기는 청소년들이 많이 늘어 고마울 따름이다.

지난 십 년처럼 묵묵하게 이 시리즈를 이어 갈 생각으로 첫 마음을 되새기며 글과 그림을 더하고 고쳐 좀 더 새로운 얼굴의 우리 고전을 세상에 다시 내놓으려 한다. 이 책을 통해 우리 청소년들이 풍성하고 가치 있는 고전의 바다에 풍덩 빠질 수 있기를 기대해 본다.

2012년 11월

전국국어교사모임

《토끼전》을 읽기 전에

신라 제29대 왕인 무열왕 김춘추는 삼국 통일의 기틀을 닦은 인물로 유명합니다. 그는 말을 잘하고 외교적 수완이 뛰어나서 사신으로 당나라에 가서 큰 성과를 거두며 나중에는 왕위에 오릅니다. 그러나 그에게도 위기가 없었던 것은 아닙니다.

김춘추가 왕위에 오르기 전, 백제의 침략으로 궁지에 몰린 신라를 위해 그는 고구려로 군사를 청하러 갔습니다. 그러나 고구려에서는 오히려 그를 죽이려 했습니다. 다급해진 김춘추는 고구려 보장왕의 신하인 선도해(先導解)에게 뇌물을 바치면서 살려 달라고 애원했습니다. 이때 선도해는 넌지시 토끼와 거북 이야기를 들려줍니다. 이 이야기를 듣고 크게 깨달은 김춘추는 신라 영토의 일부를 고구려에 돌려주겠다는 거짓 약속을 하고 무사히 신라 땅으로 돌아옵니다.

영리한 김춘추는 선도해의 이야기를 통해 자신이 '용왕에게 사로잡힌 토끼 신세'임을 간파하고 왕이 탐내는 땅을 '토끼의 간' 삼아 위기를 모면한 것이지요. 《삼국사기》에 전하는 이 이야기를 〈구토 설화〉라 하는데, 조선 후기에는 이를 바탕으로 하여 판소리와 소설이 만들어졌답니다. 등장인물의 수도 많아지고 사건도 풍성해지면서 점차 흥미 있는 이야기로 발전한 것이지요.

이야기를 풍성하게 하는 과정에서 많은 사람의 생각이 들어갔습니다. 그러다 보니 내용이 조금씩 달라지기도 했는데 이런 것들을 이본이라고 한답니다. 《토끼전》은 약 120여 종의 이본이 있지요. 우리가 읽을 《토끼전》은 그 가운데

가람본 〈별토가〉와 박봉술이 판소리로 부른 〈수궁가〉를 토대로 다시 정리한 것입니다.

이제 이야기를 따라가면서 당시 사람들을 만나 봅시다. 그리고 그들과 이야기를 나눠 봅시다. 그러면 《토끼전》을 만들고 즐겼던 사람들이 무엇을 힘들어 했으며, 어떤 꿈과 희망을 가지고 살았는지 이해할 수 있답니다. 그리고 오늘을 사는 우리에게 이 토끼 이야기가 어떤 의미를 선사하는지도 느낄 수 있지요.

자, 이제 함께 이야기 속으로 들어가 봅시다.

2014년 1월

장재화

차례

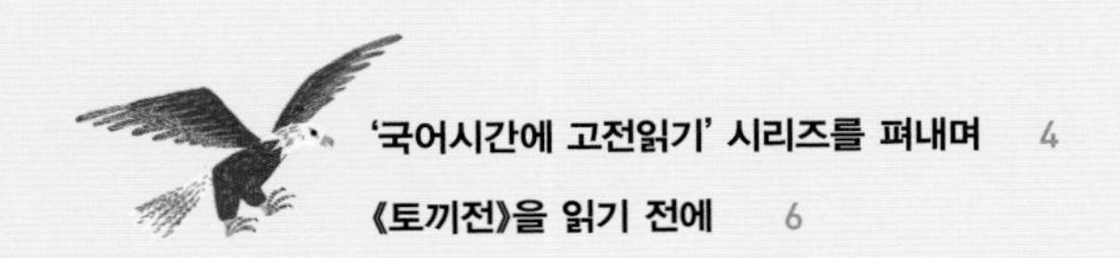

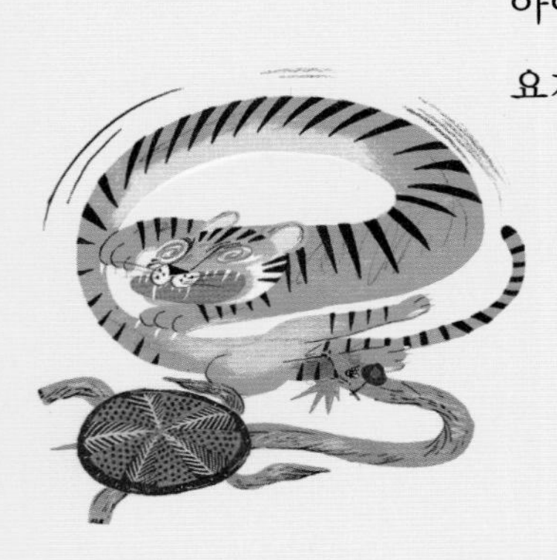

이야기 속 이야기

미련하다 저 자라야

배 속에 있는 간을 어찌 마음대로 할 수 있단 말이냐

수국이 좋다 해도 이 산중만 못하더라

불로초가 좋다 해도 칡뿌리만 못하더라

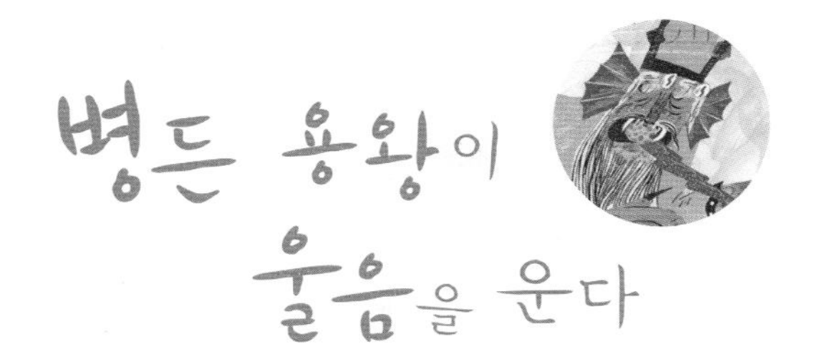

병든 용왕이 울음을 운다

천하의 모든 물 가운데 동해와 서해, 남해와 북해 네 바닷물이 가장 넓고 크다. 그 네 바닷속에는 각각 용왕이 살고 있는데, 동해 용왕은 광연왕이요, 남해 용왕은 광리왕이요, 북해 용왕은 광택왕이요, 서해 용왕은 광덕왕이다.

어느 해 여름에 남해 광리왕이 영덕전을 새로 짓고 큰 잔치를 베풀어 네 바다의 용왕과 그 신하 들을 초대했다. 강과 바다의 온갖 물고기가 모처럼 한자리에 모여 용궁이 들썩거릴 정도로 흥겹게 놀았다.

풍성한 잔치는 이삼일 계속되었다. 벌주로 마신 술잔과, 그 술잔을 헤아리는 산가지가 어지럽게 널린 가운데 거문고 소리와 북소리가 끊이지를 않았다. 하지만 잔치가 끝나자마자 광리왕은 온몸에 병이 들었다.

두통으로 지끈거리는 머리는 온통 부스럼투성이며, 귀로는 소리를 들을 수 없다. 눈에는 쌍다래끼가 나서 사물을 제대로 볼 수 없고, 콧구멍에는 부스럼이 생겨 숨을 쉬기조차 어렵다. 혀는 갈수록 뻣뻣해지고 어깨와 팔은 저려서 제대로 움직일 수 없으며, 설사와 이질이 겹쳐 음식을 먹으면 즉시 위아래로 쏟아 낸다. 게다가 밑구멍에는 치질까지 걸리니 온몸이 퉁퉁 부어 손가락이 다리 같고 다리가 허리 같고 허리

가 큰 궁궐의 대들보 같다. 코는 벌럭벌럭 눈은 끔쩍끔쩍 불알은 달랑달랑, 온몸을 둘러보니 앓는 곳을 제하면 성한 곳이 거의 없다.

이렇게 몇 달 동안 신음을 하니 수국의 모든 신하가 어찌할 바를 모르고 서로의 얼굴만 쳐다볼 뿐이다. 특히 약방을 맡고 있는 가물치의 얼굴에서는 금방이라도 눈물이 쏟아질 것 같다. 보다 못한 정언 잉어가 대책을 말하지만, 목소리에는 힘이 하나도 없다.

"대왕의 병세가 나날이 더해 가니 이제 수국에서는 어찌할 도리가 없사옵니다. 수국 밖에서 천하의 명의를 불러 병을 다스려 보시옵소서."

용왕이 물 밖 모든 고을의 수령과 방백에게 공문을 날려 천하의 명의들을 다 들어오게 한다. 화타와 편작, 조선의 명의 허준이 초대를 받고 들어와 용왕의 병을 살피고 증상에 따라 약을 써 보지만 병은 점점 깊어지고 낫지를 않는다. 용왕의 병치레에 시간이 흐를수록 나라의 재물은 줄어들기만 한다.

용왕은 영덕전 높은 누각에 홀로 누워 상을 아주 탕탕 두드리면서 목을 놓아 울음을 운다. 용이 운다. 용이 운다. 아주 큰 소리로 통곡을 한다.

- **산가지** 예전에 숫자를 세는 데 쓰던 막대기.
- **정언**(正言) 조선 시대 사간원에 속하는 정육품 벼슬.
- **수령**(守令)**과 방백**(方伯) 조선 시대 각 고을을 맡아 다스리던 지방관들을 통틀어 일컫는 말.
- **화타**(華陀)**와 편작**(扁鵲) 중국의 이름난 의사.

"하늘에는 뜨거운 바람이 불지 않아 우리를 도와주고 바다에는 파도가 일지 않아 태평한데, 괴이한 병을 얻어 남해궁에 누웠지만, 살려줄 사람이 없으니 이 아니 가련한가?"

울음 끝에 용왕이 자손을 불러 뒷일을 상의했지만, 별 뾰족한 대책을 찾을 수가 없다.

푸른 구름과 검은 안개가 남해 용궁을 두르고, 회오리바람이 불고 가랑비가 뿌리던 어느 날이다. 공중에서 옥피리 소리가 들리더니 한 도사가 좌우에 동자를 데리고 내려온다.

화양건에 학창의를 떨쳐입고 새의 흰 깃으로 만든 부채와 지팡이를 들고 봄바람에 실려 들어오는 그 모습은 분명한 신선이다. 도사가 바람에 나부끼듯 가벼운 걸음으로 영덕전에 올라와 허리를 굽혀 두 번 절을 한다.

"대왕의 병환이 지금은 어떠하신지요?"

병상에서 신음하던 용왕이 겨우 고개를 돌려 도사를 바라본다.

"선생은 뉘시며 무슨 일로 누추한 곳에 오셨는지요?"

"노부는 하늘나라 태을선관인데, 약수 삼천리에 해당화를 구경하고, 흰 구름 이는 요지연에 참여하여 천 년에 한 번 열리는 복숭아를 얻고자 가던 길이옵니다. 마침 이곳을 지나다 바람결에 들으니 대왕의 병세가 위중하다 하여 뵙고자 왔나이다."

이 말을 들은 용왕의 마음이 급해진다.

"나의 병세는 한두 가지가 아니오. 감히 살기를 바랄 수 없을 듯 하오만, 그래도 도사께서 병세를 살펴보고 즉시 나을 수 있는 약을 일러 주시오."

도사가 두 팔을 걷고 용왕의 몸을 두루두루 만지더니, 뒤로 물러앉아 차분하게 말한다.

"대왕의 소중한 몸은 인간의 그것과는 다르옵니다. 두 뿔은 매우 높이 솟아 말소리를 뿔로 듣고, 턱 밑에는 큰 비늘이 거슬러 붙었기 때문에 화를 내면 그 비늘이 일어서고, 입속에는 여의주가 조화를 부리니, 솟구쳐 날면 하늘에도 올라가고 몸을 작게 하여 웅크리면 못 속에도 능히 잠길 수 있사옵니다. 또 용맹을 부리면 태산을 부수고 큰 바다조차 뒤집으실 수 있사옵니다. 이런 몸으로 병에 걸리셨으니 쉽게 낫지를 못하는 것이옵니다."

"병든 원인을 좀 더 자세히 일러 주시오."

"대왕께서 요사이 술과 여자를 지나치게 가까이한 탓으로 간이 놀라 병이 난 것이옵니다. 마음이 슬프고 두 눈이 어두운 것이 다 이 때문이지요."

"어찌하면 나을 수 있겠소?"

- **화양건(華陽巾)** 예전에 은거 생활을 하던 사람이 머리에 쓰던 쓰개.
- **학창의(鶴氅衣)** 흰옷의 가장자리를 검은 천으로 넓게 댔으며 소매가 넓고 뒤 솔기가 갈라진 웃옷.
- **노부(老夫)** 늙은 남자가 자기를 낮추어 이르는 말.
- **태을선관(太乙仙官)** 태을성(太乙星)은 북쪽 하늘에 있으면서 전쟁과 재물, 인간의 목숨 따위를 맡아 다스린다고 하는 신령한 별이며, 태을선관은 신선의 이름이다.
- **약수(弱水)** 중국 서쪽의 전설 속에 전하는 신선이 살았다는 강. 길이가 삼천 리나 되며 부력이 매우 약해 기러기 털도 가라앉는다고 한다.
- **요지연** 요지에서 벌어지는 잔치. 요지(瑤池)는 중국 곤륜산에 있다는 못으로, 신선이 살았다고 한다. 주나라 목왕이 서왕모를 만났다는 이야기로 유명하다.

“신농씨가 만들었다는 온갖 약이 다 소용이 없고 또 침으로도 쉽게 고칠 수 있는 병이 아니옵니다. 다만 간단한 처방문이 있기는 합니다만…….”

“그것이 무엇이오?”

“큰 나무를 톱으로 쪼갠 뒤, 대패로 곱게 밀어 위아래를 덮고 앞뒤로는 널빤지로 막은 것을 쓸 수밖에 없을 듯하옵니다.”

“도사께서는 내가 죽는다는 말을 하시는구려.”

“지금으로서는 그러하다고 말씀드릴 수밖에 없사옵니다.”

“정말 그럴 수밖에 없겠소?”

도사가 다시 한동안 생각에 잠긴다.

“다만 한 가지 약이 있긴 하지만 인간 세상에 있는 것이라 구하기가 쉽지 않을 듯하옵니다.”

얼굴을 잔뜩 찌푸리고 있던 왕이 이 말을 듣고 비로소 큰소리를 친다.

“인간 세상으로 들어가기 어려운 것과, 구하고 못 구하는 것은 우리 수국의 힘에 달린 것이오. 그러니 약 이름이나 가르쳐 주시오.”

“인간 세상 깊고 깊은 산속, 사람 흔적 드문 곳으로 다니는 토끼 간이 바로 그 약이옵니다.”

“어찌 그렇단 말이오?”

“토끼라 하는 짐승은 닭이 울어 해가 뜨기 시작할 때 태어난 짐승

• **신농씨(神農氏)** 중국 옛 전설 속의 제왕으로 농업과 의료, 음악을 담당했다고 한다.

이옵니다. 그래서 해의 기운을 듬뿍 받았지요. 또 토끼는 달 속 계수나무 그늘에서 약을 찧으며 달의 기운도 늘 받아먹었사옵니다. 이렇게 해와 달의 기운을 한 몸에 담고 있기 때문에 토끼 눈이 밝은 것이옵니다. 예부터 '눈은 간에 속한다.' 하여 눈을 통해 간의 좋고 나쁨을 구별해 왔사옵니다. 눈 밝은 토끼의 간을 잡수시면 이제 대왕의 병든 간 역시 능히 다스릴 수 있을 것이며, 아울러 불로장생할 것이옵니다. 만일 그 약이 아니면 대왕께서 염라대왕의 삼촌이요 동방삭이 대왕의 조상이라 하더라도 누를 황, 새암 천, 돌아갈 귀, 황천으로 돌아갈 수밖에 없을 것이옵니다."

용왕이 고개를 끄덕인다.

"과연 그럴 것이오. 비록 그러하나 과인이 거처하는 이곳과 인간 세상은 구만 리나 떨어져 흰 구름만 떠돌 뿐이요, 토끼라고 하는 짐승은 바다 밖 해와 달이 밝은 세상에서 푸른 산속으로 거칠 것 없이 다닐 텐데, 그러한 짐승을 어찌 쉽게 구할 수 있단 말이오. 내가 죽는 것이야 쉽지만 토끼는 구할 길이 없을 듯하니 수국에서 구할 수 있는 약을 일러 주고 가시옵소서."

"토끼의 간 외에는 달리 구할 약이 없나이다."

용왕이 탄식을 한다.

"천하를 통일한 진시황은 자그마한 불사약을 못 얻어 죽었지만 동방삭은 천자의 위엄 없이도 삼천갑자를 살았다 하오. 이를 보면 흥하고 망하는 것이 다 때가 있고 오래 살고 못 사는 것이 다 하늘에 달렸다는 것은 과인도 넉넉히 알 수 있겠소. 이제 나의 목숨이 다한 것 역시 하늘의 뜻이겠지요?"

도사가 용왕을 위로한다.

"옛말에 이르기를 '태산 아래에 깊은 골짜기 있고, 어진 집안에 머리가 희도록 벼슬하는 자 있다.' 했습니다. 대왕께서 어진 덕을 보이실진대 어찌 토끼 간을 구해 올 신하가 없겠습니까? 수국의 모든 신하를 불러 놓고 가려 보내소서."

말을 마친 도사는 즉시 용궁을 떠나 그 모습을 감춘다.

- **동방삭**(東方朔) 중국 전한(前漢)의 문인으로, 서왕모의 복숭아를 훔쳐 먹어 장수했다는 인물이다.
- **불사약**(不死藥) 먹으면 죽지 아니하고 오래 살 수 있다는 약.
- **삼천갑자**(三千甲子) 육십갑자의 삼천 배로, 18만 년을 이른다.

민화 속의 토끼와 거북

토끼와 거북, 이미지 왕은 누구?

외모로 상대방을 판단해선 안 되지만, 처음 사람을 만날 때 가장 먼저 얻는 정보는 외모일 수밖에 없습니다. 마른 사람은 왠지 신경질적일 것 같고, 뚱뚱한 사람은 성격이 둥글둥글할 것 같다는 것처럼 '저 사람은 어떤 사람일 것이다.' 하는 첫인상도 외모에서 비롯되는 경우가 많지요. 우리 조상들이 동물을 보고 느낀 인상도 마찬가지였습니다. 이 책의 주인공인 토끼와 거북(자라)은 과연 어떤 인상을 풍겼는지 민화에 나타난 모습을 통해 살펴볼까요?

〈토끼와 거북〉, 상주 남장사의 벽화.

거북의 등에 올라탄 토끼

토끼의 간을 구하려다 실패한 자라의 이야기가 언제 어디서 만들어졌는지는 알 수 없습니다. 신라 시대 김춘추가 이 이야기를 인용했다는 《삼국유사》의 기록으로 보아, 적어도 1500년이 넘은 이야기로 짐작할 따름이지요. 오랜 세월 동안 우리 민족에게 재미와 깨달음을 주며 친숙하게 자리 잡은 토끼와 거북 이야기는 각종 민화의 모티프가 되었습니다.

신령스러운 거북

《토끼전》에서 거북은 충직하지만 토끼의 꾀에 속아 넘어가는 어리숙한 인물로 그려집니다. 하지만 실제로 우리 조상들은 거북을 신령스러운 동물로 숭배했습니다. 전설상의 동물인 용, 기린, 봉황과 함께 거북을 사영수(四靈獸, 신령스러운 네 가지 동물)로 쳤지요. 특히 등은 하늘처럼 둥글고 배는 땅처럼 평평해서 그 생김새가 우주의 축소판 같다고도 했습니다. 거북은 장수를 상징하는 길한 동물이었으며, 신과 인간을 매개하는 역할을 해서 최초의 문자인 하도낙서를 등에 새기고 있다고 여겨졌습니다.

〈어별연화문석〉, 큰 거북이 새겨진 방석.

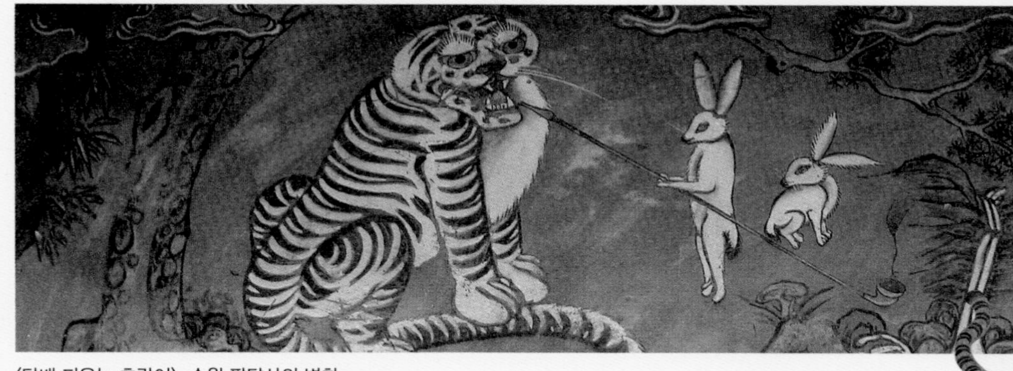

〈담배 피우는 호랑이〉, 수원 팔달사의 벽화.

익살맞은 토끼

토끼는 무척 다채로운 모습으로 민화에 등장합니다. 가장 일반적인 것은 《토끼전》에서처럼 꾀 많고 익살스러운 이미지이지요. 한편 강자를 상징하는 용왕이나 호랑이 앞에 있을 때는 약자로 그려지기도 합니다. 목에 힘을 잔뜩 주고 거만한 자세로 장죽을 물고 있는 호랑이 옆에서 시중을 드는 토끼가 안쓰럽지만 이런 장면에서도 토끼는 웃음을 자아내지요.

계수나무 옥토끼

달나라 옥토끼는 거북처럼 신령스러운 존재였습니다. 옛날 사람들은 달나라 계수나무 아래에서 옥토끼가 불로불사의 영약을 찧고 있다고 믿었습니다. 달 속에서 방아 찧고 난 알을 키질하는 토끼의 모습 역시 해학 가득합니다.

〈화초·산수도〉,
호암미술관 소장.

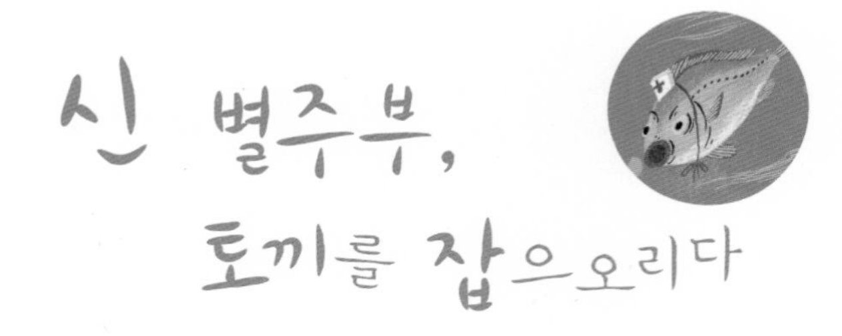

신 별주부, 토끼를 잡으오리다

도사가 간 곳을 향하여 무수히 사례를 한 용왕은 즉시 수국의 모든 벼슬아치를 불러 모은다.

“수국 조정의 모든 신하는 지체 말고 일시에 모두 들라.”

이렇게 영을 내리니, 인간 세상 같으면 모든 벼슬아치가 한꺼번에 들어올 텐데, 수국이라 물고기들이 각기 벼슬 이름만 따 가지고 모두 들어온다. 우루루루 몰려 들어오는 그 모습이 참으로 볼만하다.

영의정 금고래, 좌의정 금거북, 우의정 금린어가 용왕 바로 앞에 서고 약방 도제조 가물치, 부제조 민어, 어의 잡등어, 판의금 불거지가 그 뒤를 잇는다. 한림학사 도루묵, 도승지 문어, 좌승지 황어, 우승지 노어, 이조 판서 꽃게, 호조 판서 석어, 병조 판서 준치, 형조 판서 정어, 예조 판서 도미, 공조 판서 천어, 훈련대장 전어, 금의대장 어용어,

좌포장 북어, 우포장 고등어, 대사간 수조개, 대사헌 대구, 정언 잉어, 교리 낙지, 수문장 메기, 순무예별감 동조개가 좌우로 갈라서고 눈 큰 둔치, 허리 긴 칼치, 등 굽은 새우, 원참군 남생이, 별주부 자라, 넙적 광어, 모래무지, 피라미, 방어, 명태, 변태, 해구, 상어, 꼴뚜기, 가자미, 까치복, 말치, 뱀장어 등이 영덕전 넓은 뜰에 빼각빼각 모여들어 고개를 주억거린다.

병든 용왕이 좌우를 돌아보니, 죽 늘어선 것들이 모두 세상에 나가면 밥반찬거리와 술안주거리이다.

'어, 이런 때는 내가 용왕이 아니라, 팔월 대목 장날 생선전의 도물주 같구나.'

한참 동안 바라보던 용왕이 무겁게 입을 연다.

"경들은 들으시오. 토끼 간이 아니면 과인의 병을 고칠 수 없다 하오. 경들 중에 누가 세상에 나가 토끼를 잡아다가 짐의 병을 낫게 하겠소?"

늘어선 신하들이 귀신 같은 얼굴로 서로 쳐다보기만 할 뿐, 한마디 대답도 하지 않고 있으니 용왕은 그저 돌돌 탄식하며 울음을 운다.

"남의 나라에는 충신이 있어 자신의 허벅지 살을 베어 임금을 섬기고, 목숨을 바쳐 죽을 임금 살리기도 했다는데…… 슬프다, 우리 수국 물고기들 가운데는 그러한 신하가 없으니 이제는 죽는 수밖에 없도다.

• **도물주(都物主)** 물건 파는 곳의 주인 중 우두머리.

애고애고 설운지고."

한참 이렇게 통곡을 할 때 정언 잉어가 앞으로 나선다.

"세상이라 하는 곳은 인심이 영악해 수국의 물고기들을 보면 모조리 잡아들인다 하니 지혜와 용맹이 없는 자는 보내기 어렵사옵니다."

"바깥세상은 산이 높고 골이 깊다 하니 승상 거북이 어떠하오?"

정언이 고개를 흔든다.

"승상 거북은 등에 하도낙서가 점점이 그려 있고 지혜가 있지만, 복판이 대모인고로 세상에 나가면 상하 백성 남녀 할 것 없이 잡아다가 아주 요긴하게 쓸 것이옵니다."

영의정 금고래가 큰 몸을 뒤흔들며 급히 앞으로 나온다.

"신이 비록 재주 없사오나 한번 힘을 쓰면 만 리 길 가는 수고로움도 두려울 것이 없나이다. 지난해에 청련거사 이태백을 등에 업고 하늘나라 옥황상제 계신 곳을 잠깐 사이에 다녀온 일도 있사옵니다. 어찌 토끼 잡기를 근심하겠습니까? 빨리 세상에 나가 토끼를 잡아다가 대왕의 병을 낫게 하겠사옵니다."

이번에는 용왕이 고개를 젓는다.

"경은 바다가 아니면 몸을 움직이기 어려운데 만일 세상에 나가서 인간을 만나면 속절없이 죽을 것이오. 더구나 세상 사람들이 고래를 보배로 여기지 않소? 인간들이 고래를 잡기만 하면 눈으로 술잔을 만들고 수염으로는 바느질자를 만들며 등골뼈로는 절구를 팔 것이오. 또 살코기는 모두 발라내어 기름을 만들어 쓸 것이니 경을 보내기가 어렵겠소."

해운군 방게가 열 발을 쩍 벌리고 살살 기어 들어와 땅바닥에 납작 엎드린다.

"신의 고향이 세상이옵니다. 푸른 산 맑은 물속에 몸을 숨기고서 수없는 봉우리와 골짜기를 바라볼 때, 산속 토끼 달 속 토끼를 자주 보았사옵니다. 신이 세상에 나가 엄지발로 토끼 놈의 가는 허리를 바드드드드 집어다가 대왕 앞에 바치겠사옵니다."

"방게가 다리 열 개를 다 갖추고 있어 빨리 걷고 집기는 잘하옵니다. 하지만 성질이 급할 뿐 아니라 무엇이 얼씬하고 나타나면 물러나는 것이 앞으로 가느니만 못하옵니다. 더구나 마파람이 잠시만 불어도 가까운 거리를 분별하지 못하니 보내기 어려울 듯하옵니다."

정언이 만류하는 소리를 듣고 이번에는 수문장 메기가 와라락 내달으며 큰소리를 친다.

"수국에 아무리 충신이 없다 한들 어찌 너 같은 요물을 세상에 보낸단 말이냐. 신이 세상에 나가 토끼를 잡으오리다."

"메기는 수염이 훨씬 길어 볼품은 있지만 입이 너무 커서 탈이옵니다. 세상에 나가 계곡물 속에서 요깃감을 얻으려고 이리저리 다니다가 끝내는 인간에게 걸려들 것이옵니다. 도롱이 입고 삿갓 쓴 늙은이가

- **하도낙서(河圖洛書)** 하도는 중국 복희씨(伏羲氏) 때, 황하(黃河)에서 용마(龍馬)가 지고 나왔다는 쉰다섯 점으로 된 그림이다. 낙서는 중국 하나라의 우왕(禹王)이 홍수를 다스릴 때, 낙수(洛水)에서 나온 거북의 등에 씌어 있었다는 마흔다섯 개의 점으로 된 아홉 개의 무늬이다.
- **대모** 바다거북의 하나. 또는 그것의 껍데기로, 공예품과 장식품에 귀중하게 쓰인다.
- **청련거사(靑蓮居士)** 당나라 이백(李白)의 별명.

가랑비 섞어 불어도 돌아갈 줄 모르고 메기를 기다리고 있는데, 미련한 메기가 그것도 모르고 그저 먹는 욕심만 잔뜩 부리다가 인간의 낚시에 걸리면 어찌 되겠사옵니까? 이질, 복통, 설사, 배앓이로 죽게 된 세상 사람들이 끓여 먹고 졸여 먹고 보신감이 될 것이니 보내기 위태하옵니다."

정언의 이 말에 고개를 끄덕이던 용왕이 다시 묻는다.

"도둑 잘 잡는 해구가 어떠하뇨?"

정언이 다시 고개를 흔든다.

"해구는 그 성질이 음탕하여 암컷이라도 보게 되면 정신을 못 차릴 것입니다."

이번에는 까치복이 앞으로 나선다.

"신이 목숨을 바쳐 충성을 다하겠습니다. 세상에 나가 신의 피와 알을 널리 퍼뜨릴 테니, 산속 모든 짐승이 먹고 죽거든 날랜 신하를 보내어 토끼를 잡아다가 쓰게 하옵소서."

"네 말은 기특하나 세상인심 영악하여 너의 피와 알은 개도 아니 주고, 다 거둬들이지 않느냐? 너를 잡아 참살만 간장에 달여 먹으니 보내기 위태하다. 새우는 어떠한가?"

"새우는 용맹이 탁월하여 뛰기를 잘하지만 세상에 나가면 일찍 죽을 상이옵니다. 죽을 때는 색깔부터 변하오니 보내기 위태하옵니다."

정언의 말에 용왕은 얼굴만 찌푸린다. 이때 궁녀 조개가 아장아장 걸어 나온다.

일곱 가지 보물로 몸을 단장하고 화려한 관을 쓴 모습이 무척이나 아름답다. 넓적한 허리에 붉은 치마를 두르고 교태를 부리며 가로 걸음으로 걸어 나와 공손히 절을 한다. 늘어선 신하들은 궁녀 조개의 향기에 취해 정신이 어찔어찔할 정도이다.

"신이 비록 여자이오나 신 역시 대왕의 신하이옵니다. 어찌 앉아서 토끼를 기다리기만 할 것이옵니까? 소신이 세상에 나가 토끼를 잡아 오겠사옵니다. 저의 굳센 입으로 토끼를 물고 발발 떨면 토끼 아니라 단산 호랑이라도 능히 잡을 수 있을 것이옵니다."

잠시 향기에 취해 있던 정언이 다시 고개를 흔든다.

"궁녀 조개는 철갑을 든든히 했으니 몸을 방어하는 계책은 좋습니다. 하지만 옛글에 이르기를 '도요새와 조개가 서로 물고 싸우는 것을 보고 어부가 가만히 앉아서 둘 다 잡는다.' 했사옵니다. 도요새는 조개를 물고 조개는 도요새를 물고 서로 놓지 못할 때 어부들이 잡아다가 만두 껍질 본을 뜨는 데 쓸 것이니 보내지 못할 것이옵니다."

이렇게 토끼 잡으러 세상에 나갈 신하를 뽑지 못하고 용왕이 한숨만 쉬고 있을 때, 저 뒤에 서 있던 한 신하가 앞으로 나온다. 그 모습을 보니 눈이 작고 다리가 짧으며, 목이 길고 주둥이가 까마귀 부리처럼 뾰족한데, 등에는 방패를 졌다. 앙금앙금 기어 들어와 몸을 굽혀 공손히 두 번 절하고 상소를 올린다.

"신 별주부 삼가 아뢰옵니다. 하늘에는 뜨거운 바람이 없고 바다에는 파도가 일지 않으니 대왕의 은혜로운 덕과 무궁한 조화가 어찌 금수에까지 미치지 않으리까? 신은 수국 충신의 후예로서, 남다른 충성심을 지니고 있사옵니다. 또한 신은 주머니 속에 든 송곳이 삐져나오

듯 빼어난 재주를 가지고 있습니다. 이는 일곱 번이나 풀어 준 맹획을 다시 일곱 번 잡아들이던 공명의 재주와 같사옵니다. 어찌 바다 밖에 사는 한 마리 토끼를 잡지 못하겠습니까? 엎드려 바라옵건대 임금께서는 소신의 이러한 뜻을 살피시어 세상에 나가도록 허락해 주시옵소서. 인간 세상의 토끼를 잡아다 옥체를 편안케 하겠사옵니다."

상소문을 읽고 난 용왕의 얼굴이 비로소 조금씩 펴진다.

- **맹획**(孟獲) 남만(南蠻)의 왕으로, 제갈량(諸葛亮)에게 일곱 번 붙잡혔다가 일곱 번 풀려난 뒤 항복하여 심복이 되었다.
- **공명**(孔明) 중국 삼국 시대 촉한의 정치가 제갈량의 자(字)이다.

"충성스럽도다, 충성스럽도다, 수국의 충신이여. 신하답도다, 신하답도다, 그대야말로 가히 이 나라의 기둥과 주춧돌이 될 신하로다. 그러하나 수국의 충신이 세상 사람들에게는 맛난 음식이 된다 하니 그게 걱정이로다."

"효를 다하려면 마땅히 온 힘을 다해야 하고, 충성을 다하려면 마땅히 목숨을 바쳐야 한다고 했사옵니다. 죽기를 사양하고 살기를 도모하면서 어찌 충신이라 하겠습니까? 빨리 세상에 나가 토끼를 잡아 올 수 있게 해 주시옵소서."

"그렇다 하더라도 세상에 나갔다가 끝이 날카로운 쇠꼬챙이에 꿰어 부잣집에 팔리면 자라탕이 되어 죽을 텐데 그것이 원통하지 않겠는가?"

"신은 자유자재로 목을 내고 들일 뿐만 아니라 등에는 둥근 방패를 지녔사옵니다. 또 네 다리를 갖추고 있어 물 위에 높이 떠서 망보기를 잘하오니 인간들에게 잡힐 염려는 없사옵니다. 다만 태어나서 자란 곳이 수국이라 토끼를 모르옵니다. 토끼 모습을 그려 주시옵소서."

용왕이 크게 기뻐하여 수국 화공들을 불러들여 토끼 모습을 그리게 한다.

수국의 화공이 모두 모여 토끼 모습을 그린다. 푸른빛이 감도는 고운 벼루와 비단결 같은 물을 담은 거북 연적을 갖춰 놓고 오징어로 하여금 먹을 갈게 한다. 고운 종이 한 장 주루룩 펼쳐 놓고 붓에는 물감을 흠뻑 묻혀 토끼 모양을 그려 간다.

천하 명산의 빼어난 경치 보는 눈 그리고, 난초 지초 온갖 향초 꽃

따 먹는 입 그리고, 소쩍새 꾀꼬리 지저귈 때 소리 듣는 귀 그리고, 봉래방장 구름 속에서 냄새 잘 맡는 코 그리고, 깊고 푸른 산에 해 비출 때 이슬 떠는 꼬리 그리고, 찬 겨울 눈보라에 바람 막던 털 그리고, 만학천봉 꽃 숲 속에 펄펄 뛰는 발 그리니, 두 귀는 쫑긋, 두 눈은 말똥, 입은 뾰족, 코는 빠끔, 몸은 오뚝, 허리는 늘씬, 꼬리는 몽톡, 다리는 말쑥, 털은 뭉실, 영락없는 토끼 모습이다.

토끼를 그리고 푸른 산 맑은 물을 더 그려 넣으니, 층암절벽 굽은 곳 계수나무 그늘 속에 들락날락 앙금 조촘 기는 토끼가 금방이라도 튀어나올 것 같다.

자라가 토끼 화상을 받아 들고 한참을 망설인다. 품 안에 품자 한들 앞섶이 없어 품지도 못하고 고름이 없어 달 수도 없다. 주머니가 없으니 넣을 수도 없고 손에 들고 나오자 하니 물에 젖을 듯해서이다. 한참을 생각하다가 한 꾀를 내어 목을 쑥 빼고 그 속에 화상을 넣은 뒤 목을 다시 움츠린다.

- **봉래방장(蓬萊方丈)** 중국 전설에 나타나는 삼신산(三神山)의 이름들.
- **만학천봉(萬壑千峯)** 첩첩이 겹쳐진 깊고 큰 골짜기와 수많은 산봉우리.

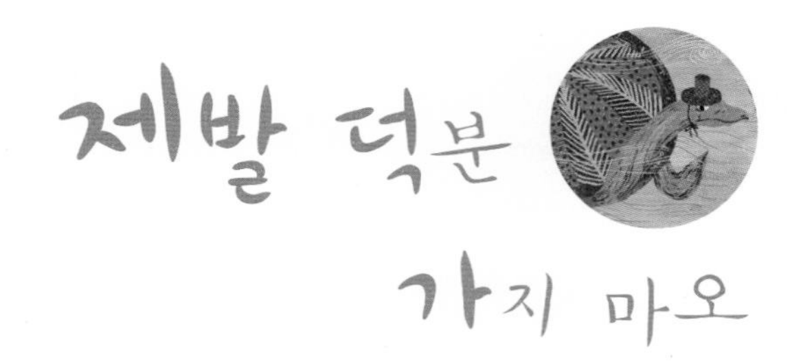

자라가 용왕에게 하직 인사를 드리고 밖으로 나오니 삼정승 육판서가 모두 나와 하직 인사를 한다.

"천하를 위해 일하는 사람은 집을 돌아보지 않는다 했소. 공께서 만약 댁에 가면 생각 없는 처자들이 사사로운 정을 앞세워 만류하지 않겠소? 큰일 그르칠까 염려되오. 그냥 세상으로 바로 나가는 것이 어떠하오?"

"여러 대신께서 하나는 알고 둘은 모릅니다그려. 내가 칠십 노모를 모시고 있는데, '출입할 때는 반드시 부모께 고하고 돌아와서는 얼굴을 보이며, 놀러 갈 때는 반드시 가는 곳을 알린다.'라고 한 말을 어찌 어길 수 있겠소. 충신은 효자에게서 구한다 했으니 효도가 없다면 충성 역시 있을 수 없을 것입니다."

"여보, 주부의 조상 때 일을 내 알기에 하는 말이오."

"아는 게 병이요, 모르는 게 약이라 했으니, 딴소리 마시고 평안하게 들 계시오."

자라가 집으로 돌아와 늙으신 어머니 앞에서 하직 인사를 드리니 자라 노모는 펄쩍 뛴다.

"여봐라, 주부야! 내 말 들어라. 내 나이 칠십이다. 여태껏 삼대독자 너를 믿고 살아왔는데, 네가 험한 세상 나간다니 이게 무슨 말이냐? 너의 조부께서 세상에 나가 밥 탐을 지나치게 하다 목을 철 낚시에 꿰여 속절없이 죽었고, 너의 부친도 세상에 물고기 잡으러 나갔다가 기어이 등을 쇠꼬챙이에 꿰여 속절없이 죽었다. 푸른 물결 위에 높이 떠서 이리저리 다니다가 창 든 사람을 보고 네 아버지 눈치 빠르게 풀숲으로 숨어들었지만, 인간의 날랜 창을 기어이 피하지 못했더니라. 조상 내력이 이러한데도 네가 세상에 나가려 하는구나. 제발 덕분 가지 마라."

주부가 어머니를 달랜다.

"어머님, 염려 마시옵소서. 임금 섬기는 도리가 분명하고 하늘과 땅의 신령이 밝게 빛나는데, 객지에서 그리 쉽게 죽겠습니까?"

자라가 아내를 불러 앉혀 놓고 당부를 한다.

"여보, 나는 세상에 나가오."

"무엇하러 세상에 가시옵니까?"

"임금의 명을 받고 세상에 가오."

"임금의 명이 무엇이옵니까?"

"대왕의 병세가 위중하기에 토끼 잡으러 세상에 가오."

이 말을 들은 자라 아내는 금방이라도 눈물을 쏟아 낼 것 같다.

"어와 저 낭군님, 바다 위에 우리 둘이 마주 떠서 큰 고기, 작은 고기 잡아먹던 그런 재미 다 버리고 만리타국 나가오면 어느 때 돌아오리오. 어느 때 돌아오시려오? 독수공방 이내 신세 맘 붙일 곳이 전혀 없네. 제발 덕분 가지 마오."

이렇게 만류하니 별주부가 벌컥 화를 낸다.

"요망한지고. 여편네가 나랏일을 모르고 제 생각만 앞세우는구나. 임금의 명을 받고 연장도 없이 만리타국에 산짐승 잡으러 가는 길인데, 이 울음이 웬 울음이란 말인가? 울지 마소."

실컷 꾸짖다 말고, 이제는 별주부가 울음을 운다.

"못 잊겠네, 못 잊겠네. 아무래도 못 잊겠네."

"그 무엇을 못 잊겠소? 못 잊을 것 없건마는 무엇을 못 잊는단 말이오? 늙으신 부모님을 못 잊는단 말입니까?"

"아니 그게 아니오."

"앵두꽃 둘러친 방에서 홀로 지낼 마누라 못 잊어서 그러십니까?"

"아니 그도 아니오."

"그러면 난초 같은 어린 자식 때문에 그러십니까?"

"아니, 그도 아니오."

"아니 그러면 부모처자 외에 그 무엇을 못 잊는단 말이오?"

"요새 눈에 거치적거리는 놈이 많이 보여서 하는 말이오."

"누가 눈에 거치적거리기에 그 말씀이십니까?"

"그 흉악한 놈, 남생이란 놈. 나더러 외사촌이라 하고, 형이니 아우니 하면서 아주 너털웃음 지으며 집 걱정 하지 말고 다녀오라 하지만, 그게 내 눈에 거치적거리오. 어슴푸레한 밤이면 내 집에 무엇하러 그리 자주 다니는고? 나 나가도 문단속 단단히 하고 잠자리를 가려 자오. 잘못된 소문이 나기 쉬우니."

이 말 들은 암자라가 화를 낸다.

"에, 별 잡스런 소리 다 하시오. 당신이 부탁한대도 내 마음이요, 부탁 아니 한대도 내 마음이니 그런 걱정일랑 접어 두시고, 가지 마오. 위태한 곳은 아예 들어가지 않는 것이 제일 좋은 수라 했으니 제발 덕분 가지 마오."

"지금은 물불을 가릴 수도 없고 삶과 죽음 역시 나눌 수 없게 되었소. 당신 말로 그만둘 수가 없으니 그런 소리 하지 말고 당신 몸이나 잘 간수하시오."

자라가 가족과 이별하고 수정문 밖을 썩 나선다.

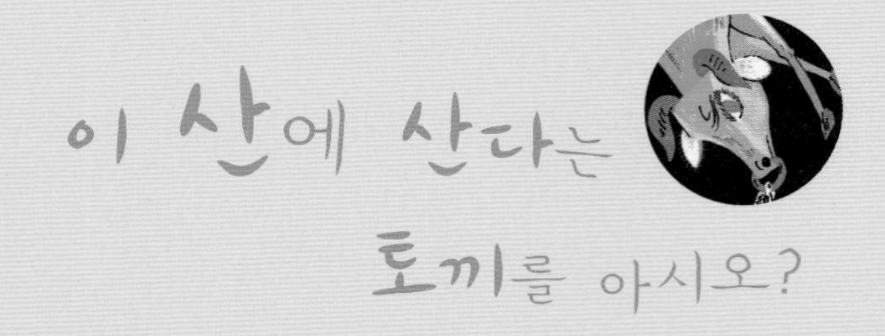

이 산에 산다는 토끼를 아시오?

자라가 물 위로 떠올라 멀리 세상 경치를 바라본다.

붉은 햇살 높이 뜨니 계곡에서 잠들었던 안개가 산봉우리를 휘감고 돈다. 흰 갈대꽃은 눈이 되고 온갖 풀이 물에 떴다. '넓은 동정호 물결이 가을을 알리니' 가을바람 소리와 가을 물결 여기로구나. 앞발로 푸른 물결 찍어 당기고 뒷발로 튀는 물결 아주 탕탕 차니 은과 옥 같은

저 물결 점점이 흩어진다. 이리저리 앙금앙금 앙금덩실 솟아올라 사면을 두루 바라보니 강산도 수려하고 경치도 빼어나다.

강기슭이 짙은 귤빛이니 황금이 천 조각이요, 갈대꽃 바람에 날리니 흰 눈이 땅을 덮는 듯하다. '안개가 걷히니 계산이 더욱 높아 보여' 산은 층층 높아 있고, '호수에 바람이 불지 않아도 물결이 절로 이니' 물은 출렁 깊었는데, 만산 우루루루루, 국화는 점점, 낙화는 동동, 장송은 낙락, 늘어진 잡목, 펑퍼진 떡갈, 다래 몽둥, 칡넝쿨, 머루 다래 으름 넝쿨, 능수버들, 벚나무, 오미자, 치자, 감, 대추, 온갖 과일나무, 얼크러지고 뒤틀어져서 구부 칭칭 감겼다. 어선은 돌아들고 백구는 어지럽게 날고, 갈매기, 해오리, 너새, 징경이 아옥따옥, 뚜루루, 호반새 수뤄루뤄루, 활기차고 씩씩하게 날아든다. 아주 펄펄 날아든다.

평화롭게 즐기는 산새는 시냇물과 뒤섞여 울고, 기이하게 생긴 바위는 곳곳에 봉우리를 이루고 있다. 천 길 낭떠러지 떨어지는 폭포는 허공에 솟아 있고, 누각에 깃들인 새는 솔밭 사이로 날아든다. 떨어지는 노을은 앵무새와 나란히 날고, 가을 물은 하늘과 한 빛깔로 펼쳐져 있다.

가을 경치에 흠뻑 빠져 있던 자라가 담배 한 대 피워 물고 왔다 갔다 하는데, 수풀 속에서 한 짐승이 내려온다. 머리 위에는 뿔을 지고 있으며, 털빛은 황금빛이다. 큰 덩치에 고리눈을 끔뻑이며 흐늘 뒤뚱 섭붓 걸어 내려온다. 별주부 깜짝 놀라 얼른 토끼 화상 내어놓고 견줘보니 토끼는 아니다.

'대장부 왕명을 받들고 이곳에 나왔으니 무슨 두려움이 있으리오.

비록 토끼는 아닌 것 같지만, 한번 불러 이름이나 물어보고 토끼에 대해서도 알아보리라.'

"저기 오시는 친구 이름을 뭐라 하오?"

그 짐승이 멀뚱멀뚱 바라보더니 거꾸로 묻는다.

"그대는 누구시오?"

"나는 자라라 하오. 수국의 벼슬이 주부라, 달리 별주부라고도 하지요. 노형은 누구시오?"

"나는 저 건너 들 마을 사는 우생원이라 하오."

"노형은 참으로 몸집이 크고 배 또한 불러 아는 것이 남보다 많을 것 같소. 한 가지 물어봐도 되겠소?"

우생원이 하늘을 보고 큰 소리로 웃는다.

"그대가 보는 눈이 무던하오. 성인만이 능히 성인을 알아본다 하더니 그 말이 옳소. 물어보시오."

"이 산중에 산다고 하는 토끼를 아시오?"

"수국에 사신다는 분이 산중 토끼는 무엇하러 찾소?"

"우리 수국 용왕이 어진 인재를 두루 구하기 위해 나를 보내셨소. 특히 눈 밝은 토끼가 우리 수국에 많은 도움이 있을 것이라 하기에 찾는 것이오."

"글쎄, 알기는 알지만 자주 만나지는 못하지요. 저 산 깊은 곳으로 들어가면 만날 수 있을 것입니다."

우생원이 멀리 산으로 눈길을 돌린다.

우생원의 눈을 따라 높은 산을 바라보던 자라가 다시 묻는다.

"노형은 무엇으로 먹고 사시오?"

"내 처지를 말하자면 참으로 가슴이 답답하오."

"어찌하여 그러하오?"

"이를 테니 들어 보시오. 내 본래 신농씨 자손으로 인간들에게 밭 가는 것을 처음 가르쳤소. 그런데 역산의 밭을 갈고, 그 길로 돌아와서 무산에 누웠더니 모진 인간들이 호사스런 잔치판 벌여 놓고 우리 식구들을 다 죽이려 하지 않았겠소? 푸줏간까지 끌려갔다가 겨우 목숨을 건졌는데, 이번에는 무지한 백성들이 나를 잡아 마음대로 부렸지요. 코를 꿰고 세 겹 새끼줄로 목을 얽어 이랴 저랴 몰아다가 멍에 쟁기를 목에 걸고 넓은 밭을 갈았는데, 그 일만 생각하면 지금도 눈물이 난다오. 한 발이라도 잘못 디디면 모진 채찍으로 캉캉 치고 독한 발길질이 끊이질 않으니 아무리 힘이 세고 뜀박질을 잘한다 한들 어찌 견딜 수 있었겠소. 견디다 못해 눈을 감고 엎어지면, 나를 잘 달래어 기운을 회복하도록 도와주는 것이 인정간 옳은데도, 오히려 소백정을 즉시 불러 머리, 가죽, 다리 각각 내어서 제각기 나눠 먹는 인간들이 야속할 뿐입니다.

그뿐이 아닙니다. 먹을 것 다 발라 먹고 나면 뿔은 빼어 활에 붙이고, 가죽은 벗겨 북통 씌우고, 뼈는 발라 골패 만드니 남는 것 하나

- **역산(歷山)** 중국 장안의 동북쪽에 있는 산.
- **무산(巫山)** 중국 충칭시 동쪽에 기암과 절벽으로 이루어진 무산 십이봉.
- **골패(骨牌)** 검은 나무 바탕에 흰 뼈를 붙이고 여러 개의 구멍을 판 노름 기구의 하나.

없소. 밭을 간들 내 먹으며, 재물을 실어 낸들 내가 씁니까? 이내 팔자 무슨 일로 살아서 괴롭고 죽어서도 남는 것 하나 없는지 모르겠소."

자라가 우생원을 위로한다.

"참 안타까운 노릇이구려."

"천자 왕후 대신들도 나 없이 어찌 높은 자리에 앉을 수 있으며, 영웅호걸 그 누구든지 나 없이 어찌 귀하게 될 수 있겠소. 오복 중에 중한 것이 첫째가 수명이요, 둘째가 부귀라. 밭 갈아먹지 않고 어찌 부자가 되고 또 목숨을 이어 갈 수 있겠소. 내 공을 저들이 먹고 나를 죽여 또 먹으니, 저들은 오복을 누리지만 나는 무엇이란 말이오? 옛 신선들은 고기를 먹지 않고도 죽지 않고 오래 살았다는데, 사람 마음 악독하고 세상인심 흉악하오. 의지할 곳 하나 없는 이내 신세 생각하면 한심하고 가련할 뿐이지요."

"그러면 몸에 있는 것은 버릴 것이 없다는 말이오?"

"버릴 것이라곤 세 가지밖에 없소."

"무엇 무엇이오?"

"눈 껌뻑이는 것, 하품하는 것, 그림자. 그 밖엔 버릴 것이 없소."

말을 마친 우생원이 다시 먼 산을 바라본다.

"그대 신세를 생각하니 내 마음이 처량해집니다. 그렇다고 당장 도울 도리가 있는 것도 아니니 이 또한 안타까운 노릇이오. 다만 나중에 다시 만나 못다 한 이야기를 듣도록 하겠소. 편히 계시오."

내가 이 산중의 어른이다

자라가 우생원과 이별하고 깊은 산속으로 들어간다. 그때 마침 온갖 길짐승이 모여드는데 그 모습이 참 볼만하다.

공자가 《춘추》를 지을 적에 마지막을 장식하던 기린과 군대 움직일 때 천자의 수레 끌던 코끼리, 하늘나라 신선 타던 풍채 좋은 사자가 산 위에서 내려온다. 그 뒤를 이어 울음소리 슬픈 원숭이, 날랜 토끼, 털 좋은 너구리, 꾀 많은 여우, 미련한 곰, 날담비, 길담비, 늑대, 오소리, 산돼지 따위가 앞으로 뛰고 옆으로 뛰며 펄쩍펄쩍 앙금앙금 모여들어 상좌 다툼을 한다.

"자, 우리가 해마다 한때씩 모여 노는 잔치에 상좌가 없어 질서가 없으니 올해부터는 상좌를 정하고 노는 것이 어떠하오?"

"그 말이 옳소."

"그러면 저기 앉은 장도감은 언제 태어나셨소?"

노루란 놈 좋아라고 새 다리 같은 뿔을 발딱 젖히고 나앉는다.

"내 나이를 들어 보시오. 동작대 좋은 집이 좌편은 옥룡각이요, 우편은 금봉루라. 이교녀를 마음에 두고, 조자건이 지은 〈동작대부〉 읊던 조맹덕과 동갑이니 내가 상좌 못하겠소?"

너구리란 놈이 썩 나선다.

"장도감은 내 자식 나쎄만도 못하오."

"아, 그럼 달파총은 언제 났소?"

"내 나이를 한번 들어 보시오. 물에 빠진 뒤 고래를 타고 하늘로 올라간 이태백이 나와 함께 십 년 동안 글을 읽었소. 태백은 뛰어난 인재여서 하늘나라로 올라가고, 나는 보잘것없는 짐승인 데다 재주가 없어 이렇게 산속에서 살게 되었다오. 이렇게 태백과 동갑이니 내가 상좌를 못하겠소?"

멧돼지가 꺼시렁 눈을 끔적끔적하며 앞으로 나온다.

"달파총은 내 손자 나쎄만도 못하오."

"아, 그럼 저중군은 언제 났소?"

"자네들, 내 나이를 들어 보소. 자네들, 내 나이를 들어 보소. 나는 한나라 사람으로 흉노국에 사신 갔다 십구 년 만에 백발이 성성하여 고국산천 험한 길 허위허위 돌아오던 소중랑과 동갑이오. 그러니 내가 이 산중의 어른이지요."

토끼가 깡짱 뛰어 나앉는다.

"어라, 이놈들! 나이를 모두 들어 보니 내 고손자 나쎄만도 못하다."

"아, 그럼 토생원은 언제 났소?"

토끼가 거드름을 피우며 자랑한다.

"한광무 시절 간의대부를 마다한 채 뜬구름으로 해 가리고, 청학으로 이웃 삼아 동강 칠리탄에 숨어 고기 낚기로 세월 보낸 엄자릉과 동갑이니 내가 상좌를 못하겠나?"

"아니, 그게 정말이오? 그렇다면 토생원이 상좌에 앉으시오."

토끼란 놈 상좌에 높이 앉아 큰소리친다.

"네 이놈들, 달싹달싹 말아라! 내가 오늘부터 어른이다."

그러기에 '범 없는 골짜기에는 토끼가 선생'이라는 속담이 생겼겠지.

- **상좌(上座)** 모임의 가장 높은 자리.
- **장도감** 장(獐)은 노루이고 도감은 벼슬 이름이다.
- **동작대(銅雀臺)** 조조가 위나라 수도인 업도에 세운 누대로, 양옆에 옥룡각과 금봉루가 있다.
- **이교녀(二喬女)** 중국 삼국 시대 강동에 살던 교공의 딸 대교와 소교를 말하는데, 아주 예뻤다고 한다.
- **조자건(曹子建)** 조조의 셋째 아들로 이름은 식(植). 글재주가 뛰어나서 조조가 그에게 〈동작대부〉를 짓게 했다.
- **조맹덕(曹孟德)** 중국 삼국 시대 위나라를 세우는 기틀을 마련한 조조.
- **나쎄** 나이.
- **달파총** 달(獺)은 너구리이고 파총은 군영의 종사품 무관 벼슬이다.
- **저중군** 저(猪)는 돼지이고 중군은 벼슬 이름이다.
- **소중랑(蘇中郎)** 이름은 무(武), 벼슬은 중랑장으로 한나라 무제 때 흉노 땅에 사신으로 갔다가 붙잡혀서 갖은 어려움을 겪으면서도 한나라에 대한 충성을 지키고, 십구 년 만에 백발노인이 되어 돌아왔다고 한다.
- **한광무(漢光武)** 중국 후한을 세운 유수(劉秀).
- **간의대부(諫議大夫)** 임금에게 간언을 하는 벼슬아치.
- **동강 칠리탄(桐江 七里灘)** 중국 절강성 동로현에 있는 여울. 후한 때 엄자릉이 여기서 낚시를 했다 하여 '엄릉뢰(嚴陵瀨)'라고도 한다.
- **엄자릉(嚴子陵)** 이름은 광(光). 후한을 세운 유수와 함께 글을 배웠는데, 유수가 황제가 되어 간의대부 벼슬을 내렸으나 마다하고 숨어 지냈다.

토끼를 상좌에 앉히고 술잔을 주고받으며 시끌벅적하게 놀 때, 저 아래에서 여러 날 굶은 호랑이 한 마리가 어슬렁거리며 올라온다.

"내가 어디를 가야 맛난 놈 한 놈 잡아먹을 수 있을꼬?"

을신을신 올라오다가 온갖 짐승 만나 어헝 으르르르르르르르 하고 달려드니 자리에 모여 있던 짐승들이 깜짝 놀라 뒤로 물러선다.

"아이고, 장군님! 어디 갔다 이제 오시오?"

"오, 내가 하도 시장하길래 너희들 모두 잡아먹으러 온다. 이놈들, 무엇들 하고 여기서 노는가?"

"예, 상좌 삼고 잔치 벌였소."

"야, 그 잔치 썩 잘 시작했구나. 그게 너희들 잔치가 아니라 오늘날 모두 내 잔치다. 그럼 어느 놈이 상좌가 됐는고?"

"저기 저 토끼가 상좌 됐소."

"네 이놈들, 이 산중의 어른은 난데, 너희끼리 상좌니 중좌니 삼아, 이놈들?"

"아이고, 그러면 장군님 춘추는 어떻게 되셨소?"

호랑이가 좋아하며 얼른 말을 받는다.

"이놈들, 내 나이를 들어라. 이놈들, 내 나이를 들어 봐라. 이 우주가 처음 생겨날 적에 끝없이 넓은 하늘 다 덮지를 못해 돌을 다듬어 하늘 때우던 때가 있었느니라. 그 일을 하던 여왜씨와 동갑이니 내가 어른이 아니시냐?"

어헝 어르르르르르 하고 다시 달려드니, 자리에 있던 짐승들이 또 깡짱 뛰어오른다.

"장군님, 상좌에 앉으시오!"

호랑이가 상좌에 덜렁 썩 올라앉아서 호통을 내지른다.

"너 이놈들, 달싹달싹 말아라. 오늘 재수 없는 놈 한 놈 절단이 날 것이다."

그중에 살진 놈 네 놈이 걱정을 한다. 오소리, 노루, 너구리, 멧돼지. 이 네 놈이 걱정을 한다.

"아이고 이 급살 맞을 잔치를 공연히 시작하여 우리 네 놈 가운데 한 놈은 저 놈 배 속에 곱게 들어가게 생겼으니, 이를 어쩔거나."

갑자기 나타난 호랑이로 인해 모든 짐승이 벌벌 떨기만 한다.

• **여왜씨**(女媧氏) 복희씨의 누이동생. 복희씨 다음으로 임금이 되었는데, 제후들끼리 싸우는 바람에 하늘 한 쪽이 부서져서 돌을 다듬어 부서진 곳을 메우고 거북이 다리를 잘라 기둥을 세웠다고 한다.

우화 소설 읽기

동물들이 말을 한다고?

우리 고전 소설 중에는 인간처럼 말을 하는 동물들이 등장하는 작품이 많습니다. 바로 짐승을 등장시켜 인간의 일을 이야기하는 우화 소설이지요. 우화 소설은 권위적인 시대 분위기 때문에 직접적으로 비판할 수 없는 내용을 돌려 꼬집고자 할 때 많이 쓰였습니다. 때로는 동물들의 이야기가 사람이 직접 등장하는 것보다 효과적이었지요. 우화 소설 가운데《장끼전》,《까치전》,《쥐전》에 등장하는 동물들의 생생한 목소리를 들어 볼까요. 동물들의 입을 통해 옛사람들이 알리고자 한 바를 더욱 선명하게 들을 수 있을 것입니다.

《장끼전》에 나오는 장끼와 까투리의 대화입니다. 덫에 걸린 장끼는 죽어 가면서도 큰소리를 칩니다. 게다가 자신의 죽음을 아내의 탓으로 돌리면서 까투리가 수절해 정렬부인이 되기를 바랍니다. 과부가 다시 시집가는 것을 법으로 금지했던 당시 상황에서 장끼가 하는 말은 남자들이 으레 하던 생각을 드러낸 것이지요. 남편이 죽었다고 끝까지 혼자 살아야 한다는 것이 과연 옳을까요?

비둘기에게 맞아 죽은 남편의 억울함을 풀기 위해 암까치가 애를 쓰지만 뇌물을 받아먹은 두꺼비가 이를 가로막습니다. 뇌물로 진실이 가려지는 어처구니없는 현실이 암까치를 절망하게 합니다. 이 또한 인간 사회에서도 어렵지 않게 들을 수 있는 이야기지요? 하지만 너무 걱정하지는 마세요. 나중에 암행어사 난춘이 진실을 밝혀내고 암까치의 억울함도 풀어 준답니다.

《쥐전》에 나오는 다람쥐 부부의 대화입니다. 굶어 죽을 위기에 처해 있던 다람쥐가 서대주의 도움으로 살아났으면서도, 또 도와주지 않는다고 서대주를 원망하고 누명을 씌워 관가에 고소까지 하려고 합니다. 게다가 이를 보다 못해 말리는 아내까지 내쫓아 버립니다. 하지만 다람쥐 아내의 당당한 말이 가슴을 후련하게 해 주네요.

별주부가 저 아래에서 짐승들 노는 것을 구경하다가,

'저렇게 많은 짐승이 모여 노는 곳이니 응당 토끼란 놈도 있겠지? 한 번 불러 볼밖에.'

하고 토끼를 부른다. 자라가 토끼를 부르는데,

'저기 몸 얼쑹덜쑹하고 꼬리 묘똑하고 입술이 빨간 게, 저것이 토생원 아니오?'

하고 부른다는 것이 만 리나 되는 바닷길을 아래턱으로 밀고 나와 아래턱이 뻣뻣하여 한 토막을 늦춰 부르고 만다.

"저기 앉은 저 저게 토, 토, 토, 토, 토, 토, 호생원 아니오?"

호랑이가 산중에서 생원이란 말을 처음 듣는지라, 반겨서 얼른 달려온다.

호랑이가 내려온다. 호랑이가 내려온다. 솔숲 깊은 골짜기로 한 짐승이 내려온다. 누에머리를 흔들며, 양 귀 찢어지고, 몸은 얼쑹덜쑹, 꼬리는 잔뜩 한 발이나 넘고, 동개 같은 뒷다리, 전동 같은 앞다리, 날 세운 낫 같은 발톱으로 잔디 뿌리 왕모래를 엄동설한에 흰 눈 뿌리듯 좌르르르르 흩뿌리며 내려온다. 주홍 입 떡 벌리고 홍행앵앵 하는 소리, 산천이 뒤넘고 땅이 툭 꺼지는 듯하다. 자라가 깜짝 놀라 혼이 몸에서 떠나 버린 듯 목을 움치고 가만히 엎어졌다.

호랑이가 아래로 내려와 사방을 살펴보니, 아무것도 없고 마른 쇠똥 같은 것이 나붓이 엎어져 있다.

"이게 날 불렀는가? 이게 무엇인고? 엊그저께 제사를 지낸 뒤에 빠뜨리고 간 나무 접신가? 아니, 나무 접시 같으면 굽이 없는데? 부쳐 놓은 밀부꾸미인가? 아니, 밀부꾸미 같으면 고소한 냄새가 아니 나는데? 이것이 무엇인고?"

호랑이가 자라를 앞발로 꽉 집어 들고 오뉴월에 부채 부치듯 한다.

"요곳, 요곳, 요곳, 요곳, 요곳, 요곳, 이리 보아도 둥글둥글, 저리 보아도 둥글둥글, 둥글둥글 우둥글아!"

아무리 불러도 대답이 없으니 호랑이가 하늘 보고 땅 보더니 저 혼자 중얼거린다.

- **동개**(筒介) 활과 화살을 꽂아 넣어 등에 지도록 만든 물건.
- **전동**(箭筒) 화살을 담아 두는 통.
- **밀부꾸미** 밀가루 반죽을 동그랗고 얇게 부친 밀전병.

"옳지, 이거 하느님 똥이로구나. 하느님 똥 먹으면 수명이 길어진다더라. 이놈을 집어 삼켜야겠다."

어헝 으르르르르 하고 달려드니, 자라가 저 배 속에서 입만 열어 가지고 비명을 지른다.

"아이고, 나 깨물린다!"

호랑이가 깜짝 놀라 주춤주춤 나앉는다.

"어따, 이거 말하는구나. 네 이놈! 네가 대체 무엇인고?"

자라가 엉겁결에 바른대로 가르쳐 준다.

"예, 내가 명색이 자라 새끼라 하오."

"얼씨구나 좋을시고, 얼씨구나 좋을시고. 얼씨구절씨구 지화자 좋구나. 얼씨구 좋을시고. 내 평생 자라탕 먹기가 소원이더니, 오늘날 너를 만났으니 맛난 음식을 먹어 보자."

어헝 으르르르 하고 달려드니 자라가 깜짝 놀라 뒷걸음친다.

"아이고, 나 자라 새끼 아니오!"

"그러면 네가 무엇이냐?"

"내가 두꺼비요!"

"두꺼비 같으면 더욱 좋다. 너를 산 채 불에 살라 술에 타 먹으면 온갖 병 다 고친다더라. 이리 오너라, 먹자."

"아이고, 두꺼비도 아니오!"

"그러면 네가 무엇이냐?"

"나, 남생이요!"

"남생이 같으면 더욱 좋다. 진옴에는 딱 좋다더라. 그냥 삼킬란다."

"아이고, 나 남생이도 아니오!"

"그러면 네가 무엇이냐?"

"먹고 죽는 비상덩어리요!"

"비상이라도 삼킬란다."

"아이고, 저런 육시를 할 놈이 어디서 《동의보감》을 통달했는지, 모르는 약이 없네그려."

자라가 탄식을 한다.

"못 보겠네, 못 보겠네. 병든 용왕을 못 보겠네. 집에 계신 늙은 어머니, 방 안의 젊은 처자 만리타국에 날 보내고, 오늘이나 소식 올까 내일이나 기별 올까, 기다리고 바라는데 공연히 저놈을 만나 원통하게 죽은 귀신이 되겠구나."

자라가 탄식을 하다 말고,

'어라, 내가 이왕 저놈한테 죽을 바에는 술수나 한번 써 보고 죽을 밖에.'

하고 갑자기 목을 쑥 뺀다.

"자, 내 목 나간다."

호랑이가 깜짝 놀라 주춤주춤 물러선다.

"이거요, 목 나오네. 여보시오, 여보. 그만 나오시오. 그만 나와. 그렇게 나오다가는 하루 수천 발 나오겠소."

* **진옴** 피부에 열이 나며 가렵고 아픈 병.
* **육시(戮屍)** 이미 죽은 사람의 시체에 다시 목을 베는 형벌.

"네 이놈, 비단 수천 발뿐이겠냐? 수만 발 나가지!"

"모가지가 이렇게 길게 나오는 분은 생전 처음이오. 대체 당신은 정말 누구시오?"

"오, 나는 수국 공신 별주부 별나리라 하옵신다."

호랑이란 놈 무식하여 자라 '별' 자인 줄은 모르고 겁만 잔뜩 집어먹는다.

"별나리, 별나리, 그냥 나리도 무서운데 별나리란 게 뭔가? 그래, 별나리 같으면 세상에를 무얼 하러 나왔소? 또 모가지가 어찌 들어갔다 나갔다 하며, 머리는 어째서 저 모양으로 생겼소?"

"나의 내력 들어 봐라, 나의 내력 들어 봐라. 우리 수국의 궁궐이 허물어져 천여 간 넘는 집을 내 솜씨로 올리다가, 처마 끝에 뚝 떨어져서 거의 죽게 되었더니라. 명의한테 물어보니 호랑이 쓸개가 좋다기로, 도르랑 귀신 잡아타고 호랑이 사냥을 나왔다. 네가 진정 호랑이냐? 도르랑 귀신 게 있느냐? 잘 드는 칼로 이 호랑이 배 갈라라!"

도르랑 도르랑 도르랑 하고 달려들어 호랑이 다리를 아드득 물고 어찌 뺑뺑이를 돌려 놨던지, 호랑이가 기가 막힌다.

"아이고, 쓸개 줄게 좀 놓으시오!"

"잔소리 말고 쓸개만 내놓아라, 이놈아!"

"아이고, 여기를 놔야 쓸개를 드리지요!"

그래도 자라는 호랑이 다리를 물고 뺑뺑이를 돈다. 어찌 심하게 돌았던지, 호랑이 다리가 엽전 반 푼어치만큼은 떨어진 모양이다. 호랑이란 놈이 뛰고 구르고 도망을 하는데, 전라도 해남 관머리에서 나선

놈이 함경도 세수랑 고개까지 도망을 친 모양이다. 거기서 이놈이 한숨을 돌리고 또 큰소리를 친다.

“에이, 쏴, 내가 그 산중에서 무서울 것 없이 지내다가 조그마한 것한테 혼이 났네. 내 용맹이나 되니까 살아 왔지, 다른 놈 같았으면 영락없이 죽었을 것이다.”

이렇게 큰소리를 치면서 뒤를 돌아보니 논두렁 밑에서 남생이란 놈이 뾰쪼쪼름하고 또 내다보고 있다.

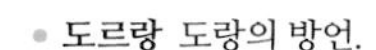

• **도르랑** 도랑의 방언.

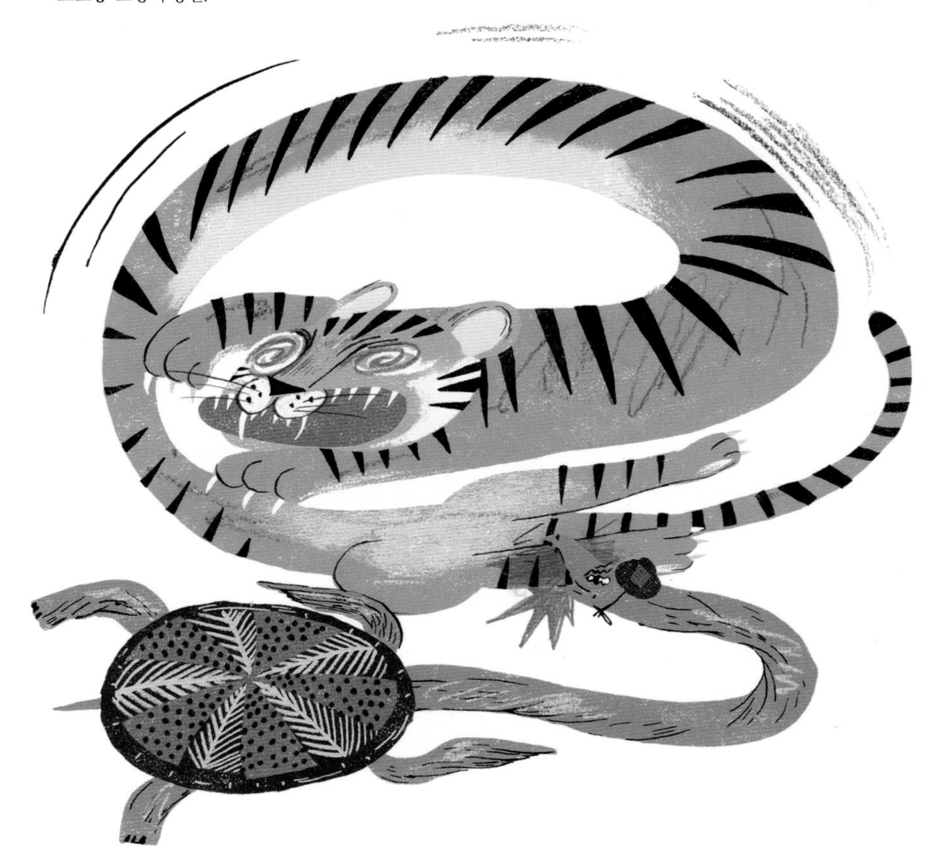

"예끼, 이놈이 그새 여기까지 따라왔구나."

하고 거기서 또 내뺀 것이 의주, 압록강까지 도망을 친 모양이다.

이때 자라는 호랑이를 쫓아 버리고 곰곰 생각한다.

'내가 충성심이 부족하여 산신님이 나를 시험하신 모양이구나. 산신제 먼저 지내고 토끼를 찾아야겠다.'

시냇가 늘어진 버드나무 가지를 앞니로 아드득 꺾어서 흙먼지를 씻어 낸 후에, 넓적한 돌로 제사상을 삼고, 그 위에 낙엽을 깐다. 산과일과 나무 열매 줍고 물고기 잡아다 제사상을 차려 놓고 절을 한 뒤 축문을 읽는다.

유세차 갑진년 팔월 초칠일, 남해 용궁 별주부는 감히 신령님께 아뢰옵니다. 임금과 신하의 도리는 땅 위나 바닷속이나 모두 중한 것이온데, 불행하게 남해 용왕이 갑자기 병을 얻어 몇 년간 신음하고 있지만 모든 약이 효험이 없었사옵니다. 다행히 태을선관이 내려오셔서 진맥 보아 증세를 알아낸 후에 토끼 간을 먹으면 바로 나으리라 하기에, 바다 밖 삼만 리, 힘든 먼 길을 달려왔사옵니다. 하오나 들짐승 날짐승이 산천에 가득 들어차 있어, 어느 것이 토끼인지 수국의 안목으로 구별하기 어렵사옵니다. 감히 민망한 마음을 대강 우러러 고하오니 저의 정성 신께서 감동하여 천년 묵은 토끼 한 마리를 급한 일에 쓰도록 특별히 허락하여 뒷날의 근심을 없애 주시옵소서. 삼가 술과 포를 산신께 바치고자 하나이다. 상향.

축문을 다 읽은 자라는 토끼를 찾아 점점 더 깊은 산속으로 들어간다.

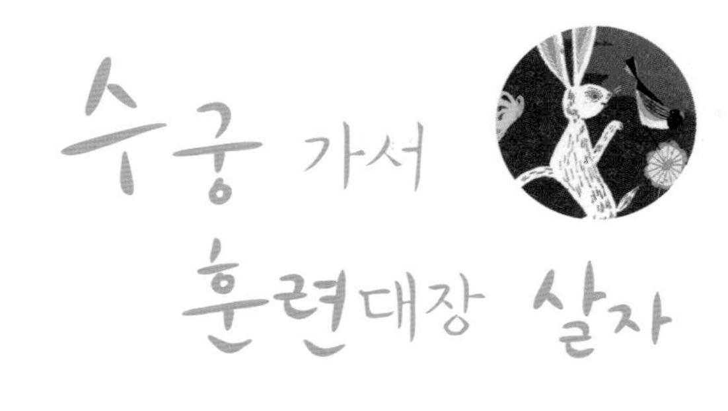

수궁 가서 훈련대장 살자

자라가 산속으로 한참을 들어가다가 한 곳을 바라보니 절벽 바위틈에 한 짐승이 앉아 있다. 자라가 얼른 토끼 화상을 꺼내 놓고 자세히 살펴본다.

토끼 보고 화상 보고, 화상 보고 또 토끼 본다. 분명 산속 토끼가 그림 속 토끼요, 그림 속 토끼가 산속 토끼다.

"내 아까는 '토' 자를 '호' 자로 잘못 불러서 흉악한 호랑이를 만나 큰 욕을 보았으니, 이번에는 좀 빠르게 불러 '토' 자로 부르리라."

혼자 중얼거리며 몇 번을 연습한 뒤 토끼를 부른다.

"토생원, 토생원, 토생원!"

자라가 자기 이름 부르는 소리 듣고 토끼가 깡짱 뛰어 내려오며 노래로 대답한다.

그 누가 날 찾나? 그 뉘라서 날 찾나?

수양산 백이숙제가 고사리 캐자고 날 찾나?

상산사호 네 노인이 바둑 두자고 날 찾나?

온갖 꽃 흐드러진 곳으로 꽃구경 가자고 성진 화상이 날 찾나?

위수 강태공이 낚시 가자고 날 찾는가?

적벽강 소자첨이 달구경 가자고 날 찾는가?

날 찾을 이 없건만, 그 누가 날 찾나? 그 뉘라서 날 찾는가?

요리조리 앙금앙금 깡짱깡짱 살랑살랑 팔짝 뛰어 내려오다 자라와 딱 부딪친다.

"아야, 코야!"

자라가 코를 싸쥐며 비명을 지르니 토끼는 이마빡을 만지며 화를 낸다.

"아야, 이마빡이야! 이분은 처음 보는 분 같은데 어찌 이마를 박소?"

자라가 아직도 정신을 차리지 못하고 있다가 토끼를 얼핏 보니 먼저 왔던 호랑이 모습을 닮았다.

'이크! 이것이 새끼 호랑이인가 보다.'

깜짝 놀라 목을 껍질 속에 움츠리고 죽은 듯이 엎드린다.

"이상하구나. 이것이 무엇인고? 하느님이 눈 똥인가? 만일 하느님이 눈 똥 같으면 내가 먹으면 좋겠다. 그게 아니라면 요것, 방석이나 삼아야겠다."

토끼가 자라 등에 오뚝 올라앉으니, 자라 네 다리와 목이 왈칵 나와 으물으물한다.

"이크! 그 누가 주머니에다가 구렁이를 담뿍 담아서 버렸구나. 이 일을 어찌할꼬?"

걱정이 늘어진 토끼를 등에다 싣고 자라가 몸을 들썩거리며 생각한다.

'이것이 토끼 같으면 간이 사발이나 들었겠다. 묵직하고 대단한데.'

- **상산사호**(商山四皓) 중국 진시황 때에 난리를 피해 산시성(陝西省) 상산(商山)에 들어가서 숨어 지낸 네 사람. 호(皓)란 본래 희다는 뜻으로, 이들이 모두 눈썹과 수염이 흰 노인이었다는 데서 유래한 말.
- **성진 화상** 김만중의 소설 《구운몽》의 주인공.
- **소자첨**(蘇子瞻) 중국 북송의 문인 소식(蘇軾)을 일컫는다. 당송 팔대가의 한 사람으로 〈적벽부〉를 지었다.

자라가 소리친다.

"이분 그만하시고 내려오시오."

"방석도 말하느냐? 못 내려가겠다."

자라가 다시 힘을 주어 몸을 들썩하니 토끼 때그르르 구르다가 깡짱 뛰어 일어난다.

"그분 몸집은 작아도 힘은 대단한데."

자라가 으쓱하며 묻는다.

"그대는 뉘라 하오?"

"나는 달나라에서 음양을 다스리며 사계절을 순조롭게 하고 그믐 초승 분별하던 예부 상서 토끼라 하오. 약초로 빚은 술에 취해 불로장생약을 잘못 짓고 옥황상제께 죄를 얻어 이곳으로 귀양을 왔지요. 달리 토생원이라 하오."

"나는 수국 별주부 별나리라 하오. 이곳에 오니 경치가 몹시도 아름다운데, 인간 세상의 흥미는 어떤지 모르겠소. 잠깐 이야기해 주면 우리 수국 들어가서 자랑할 수 있겠소."

이 말을 들은 토끼가 어깨를 으쓱한다.

"이내 몸 한가하기가 세상에서 으뜸이지요. 인적 없는 녹수청산에서 해질 무렵이면 잠시 잠깐 잠이 들었다가 동산에 달 떠오를 때 잠에서 깨어납니다. 임자 없는 산과일나무 열매를 아주 달게 먹고 나면 몸은 뜬구름같이 일이 없다오. 이름난 산을 찾아 기엄기엄 기어올라 가만히 굽어보면 꽃 사이에 춤추는 나비는 어지럽게 날리는 눈이요, 버드나무 위에서 나는 꾀꼬리는 조각조각 금빛이지요. 모란, 작약, 영산

홍과 왜철쭉, 진달래는 여기저기 피었는데, 태산에 올라 천하를 좁다고 한 공자의 큰 구경인들 이보다 더하겠소? 밤이면 달빛 더불어 놀고 낮이면 산속 두루 다니니 내가 바로 신선이지요. 적송자 안기생을 제자 삼아 두고, 이따금 심심하면 종아리 때려 가며 글 읽는 것으로 하루해를 보낸답니다."

"거 참, 그럴듯하오."

"어디 그뿐이겠소? 사계절의 경치를 벗 삼아 지내는 이내 생활은 부러울 것 하나 없답니다. 정월 이월 삼월 돌아와 봄바람 살랑 불면 온갖 꽃 흐드러지게 피어나고 꽃 속에 잠든 나비가 새소리에 놀라 잠에서 깨어난다오. 향기 쫓는 범나비는 나를 보고 반기는 듯 너울너울 춤을 추고 온갖 새 날아들어 가는 곳마다 아름다운 소리로 내 귀를 즐겁게 해 주지요.

사월 오월 유월 돌아오면 떡갈나무, 능수버들, 포도 다래 넝쿨 늘어지고 펑퍼져 골짜기마다 짙은 그늘 드리울 때, 맑은 시냇물에서 발을 씻고 돌아서면, 이 늙은이의 마음까지 맑고 깨끗해진답니다.

칠월 팔월 구월 돌아오면 가을바람은 쓸쓸히 부는데, 온 산봉우리와 골짜기에는 울긋불긋 단풍이 든답니다. '서리 맞은 단풍잎이 이월의 꽃보다 더 붉다.'라는 말이 바로 이 단풍을 두고 노래한 것이지요. 황혼 무렵 동쪽 봉우리에 밝은 달 떠오르면 세상이 맑고 깨끗해진다

- **적송자(赤松子)** 신농씨 때에 비를 다스렸다는 신선의 이름.
- **안기생(安期生)** 본디 약을 팔던 진나라 사람인데, 신선인 하상장인에게 도술을 배워 신선이 되었다고 한다.

오. 임자 없는 산과일을 수도 없이 주워 먹고, 먼 산 굽은 길로 흐늘흐늘 돌아오니 백만장자라 한들 이보다 더 여유가 있겠소?

동지섣달 돌아오면 잎 진 나무 쓸쓸하고 흰 눈은 휘날려 기암괴석 밝은 기운 백옥으로 단장을 하지요. 만 길 낭떠러지 떨어지는 폭포 수정같이 걸려 있을 때 돌문 굳게 닫고 한가히 앉았으니, 생활이 참 넉넉하답니다. 쌓아 둔 음식 실컷 먹고 창문 열고 구름 비낀 달빛을 구경하니 사계절의 경치가 이보다 더 나을 데가 어디 있겠소?"

토끼의 말에 장단을 맞추며 분위기를 돋우던 자라가 슬그머니 말머리를 돌린다.

"그대가 말은 그럴듯하게 잘 꾸며 하나, 내가 보기에는 꼭 그런 것도 아닌 것 같소."

"아니라니?"

"내가 알기로, 세상살이에는 팔난이 있다 하더이다."

"팔난이라는 것이 도대체 무엇이오?"

"내 이를 테니 한번 들어 보시오. 봄가을이 다 지나고 찬 바람 불어 산과 계곡에 눈 쌓이면 앵무 원앙 끊어지고 풀과 나무 쓰러질 텐데, 그대 신세 과연 어떻게 되겠소? 먹을 열매 전혀 없어 고픈 배 틀어쥐고 발바닥만 핥을 때, 어둑한 바위틈에 던져진 듯 홀로 앉은 그 모습이 서글프지 않소? 엄동설한 다 보내고 춘삼월 돌아오면 주린 배를

• **팔난(八難)** 여덟 가지의 괴로움이나 어려움. 배고픔, 목마름, 추위, 더위, 물, 불, 칼, 병란(兵亂)을 이른다.

채울 수 있다 하지만, 먹이 찾아다니다가 목 타래에 떨꺽 치면 토끼 그대 신세가 어떻게 되겠소? 죽지 않으려고 발버둥을 치다가 가슴에 불이 붙어 오장이 다 녹을 텐데, 어느 경황에 경치 구경 한단 말이오? 이게 팔난 중 하나가 아니겠소?"

"그러기에 수상한 데로는 다니지 않소."

"그러면 그대가 다니는 길을 말해 보시오."

"높은 봉우리로만 찾아다니지요."

"그리 가면 죽을 일 없소?"

"거기야 무슨 일이 있겠소?"

"없는가 들어 보시오. 산꼭대기에는 매를 날리는 수할치가 숨어 있고 산허리에는 몰이꾼과 사냥개가 숨어 있을 테지요. 그대가 나타나기만 하면 수할치가 먼저 보고 사나운 매를 날릴 것입니다. 해동청 보라매 왕방울을 떨렁떨렁 떨치면서 두 날갯죽지 빨리 움직여 수루수루 달려들어 토생원의 양 귀밑을 당그렇게 추켜들고 머리통을 그저 콱콱."

"에, 에, 그분 초면에 말 한번 독하게 하오. 그러기에 누가 꼭대기로 다닌다 합니까? 중간 기슭으로 살살 다니지요."

"중간으로 다니면 아무 일 없소?"

"거기야 무슨 일이 있겠소?"

"잘 들어 보시오. 그대가 산허리를 감아 돌 때 총 잘 쏘는 포수들이 가만두지 않을 것이오. 그대 모습 얼른 보고 화승총에 불을 댕기며 그대 가슴 겨눈 다음, 한쪽 눈 질끈 감고 방아쇠를 당기면 그저 탕!"

토끼가 이 말 듣고 떼굴떼굴 뒹굴다가 겨우 정신을 차린다.

"애고 죽겠다. 아니 여보시오, 어찌 말씀을 그리 몰강스럽게 하오? 총하고 나하고는 천하에 둘도 없는 원수요."

"어째서 그렇다는 말이오?"

"우리 조부께서 '탕' 하더니 한번 가 소식 없고, 부친께서도 '탕' 하더니 갑자기 보이지 않고, 맏형마저 '탕' 하더니 석양 무렵 바람에 날려 갔소. 그러기에 총하고 나하고는 같은 하늘 아래 살 수 없소. 나 듣기 싫은 소리 제발 하지 마시오."

별주부가 껄껄 웃는다.

"강산 풍경 다 차지하고 세상 걱정 없다던 형이 입으로 하는 총소리에 그토록 놀라십니까?"

토끼 가슴 아직까지 벌떡거린다.

"그러기에 나는 산으로 아니 다니고 훨쩍 너른 들로 다니지요."

"들로 가면 죽을 일 없소?"

"아무 일도 없고 태태평이지요."

"없는가 들어 보오. 풀 베던 목동은 자루 긴 낫을 들고, 밭 갈던 농부는 말뚝을 질질 끌고 달려들어 이리 두두 저리 두두 쫓아올 때 사냥개도 살판이 났지요. 그뿐이겠소? 사면에 둘러친 것은 토끼 걸릴 그물 아니고 무엇이겠소. 오도 가도 못할 적에 나무꾼들이 들이닥쳐 소

- **수할치** 매를 부리면서 매사냥을 지휘하는 사람.
- **해동청(海東靑)** 매를 일컫는 다른 이름이다.
- **보라매** 새끼를 잡아 길들여서 사냥에 쓰는 매.

리치기를, '하늘에서 내려오거나 땅에서 솟아 나오거나, 앞에서 오거나 뒤에서 오거나 모두 내 그물에 걸리리라. 토끼 너 어디로 달아날꼬?' 하며 작대기로 그저 꽝꽝 두드릴 때 어디로 도망을 갈 수 있겠소.

마른 장작과 떨어진 나뭇잎을 수북하게 모아 놓고 와락와락 불을 지르면 불꽃이 하늘을 찌를 테지요. 그 불에 토생원을 바싹 구워 발목 하나씩 나누고 허리 갈비 또 나누며, 모가지며 대가리는 이빨 좋은 놈이 뺏어 들고, 그저 앗싹앗싹!"

"에에, 징그러운지고. 그 소리를 들으니 정신이 아찔하고 사지가 불안한 것이 내 필경 병이 나겠소. 과연 인간 세상에서 죽을 욕을 종종 봅네. 그 때문에 내 곱게 늙지는 못합니다. 수국은 어떠하오? 수국 흥미 들어 봅시다."

자라가 어깨를 으쓱하더니 수국 자랑을 늘어지게 풀어 놓는다.

"하늘과 땅 사이에 바다가 가장 큰데, 그 바닷속에는 수궁이 있다오. 영덕전 높은 집이 구름 안개 사이에 솟았는데, 용의 뼈를 걸어 대들보 삼고, 준치 비늘로 기와 만들어 지은 집이랍니다. 흰 옥으로 문을 달고, 유리로 기둥을 만들었으며, 호박으로 주춧돌을 놓았지요. 진주로 성을 쌓고, 야광주로 불을 밝혀 놓으니 해와 달의 빛을 빼앗을 지경이랍니다.

우리 용왕 즉위하시어 어진 정치 베푸시니, 맛난 술과 안주 싫도록 먹을 수 있지요. 조정의 모든 신하 모인 가운데 덩더쿵 풍악을 울리고 팔선녀 춤을 추니 걸음마다 연꽃 되고 침 뱉으면 구슬 된답니다. 기이한 꽃과 풀은 떨기떨기 비와 이슬 속에 넘노는데, 맑은 바람에 배 띄우던 소자첨과 달구경 흠뻑 빠진 이태백이 그 경치를 알았다면 벌써 들어왔을 것이요, 신선 구하던 진시황과 한무제도 이 세상에 그냥 있지는 않았을 것입니다."

"수국 풍류가 그렇게 좋단 말이오?"

"이르다 뿐입니까? 내 말솜씨가 부족한 것이 안타까울 따름입니다."

토끼가 눈을 크게 뜨고 귀를 쫑긋 세우니 자라가 은근하게 말한다.

"진실로 토생원께서도 이 험한 세상에 있지 말고 나를 따라 수국에 갑시다. 그대 같은 준수한 남자를 우리 용왕께서 아시면 해를 타고 올라와서 부르시어 당장에 훈련대장 제수하실 것입니다. 말만 한 황금 도장을 허리 아래 비껴 차고, 높은 자리 올라앉아 백관을 지휘할 때 '이리할 일 이리하고, 저리할 일 저리하라.' 호령 한번 내리면 누가 감히 거역하겠소? 나랏일 마친 후에 별당으로 돌아오면 차 달이는 옥동자와 촛대 잡은 선녀들이 수놓은 비단으로 몸을 싸고 주옥으로 단장하여 그대만 기다리고 있을 텐데 이보다 좋은 곳이 수국 말고 또 어디 있겠소?"

토끼는 자라의 말을 들을수록 마음이 솔깃해진다.

"그곳에 들어가면 벼슬도 할 수 있단 말이지요?"

"그대같이 재주 있는 사람은 벼슬이 사닥다리 올라가듯 할 테지요."

"팔선녀와 더불어 놀 수도 있소?"

"그야 마음먹은 대로 할 수 있지요."

"그러면, 달빛 기울어 가는 삼경에 아리따운 여인의 손을 잡고 두 몸이 한 몸 되어 운우의 정을 나눌 수도 있단 말이오?"

"그대같이 잘생긴 인물이 수국에 들어가면 아리따운 여인들이 청개구리 뒤에 실뱀 따라다니듯 할 것이오."

"수국에는 나와 같은 인물이 없다는 말이오?"

"없지요. 우리 수국에 수달이라 하는 것이 있는데, 수궁의 미녀들만 보면 덤벙거리더니 지금은 기운이 다해 곧 죽을 지경이 되었소."

토끼가 이제는 침을 꼴깍 삼킨다.

"만일 들어갔다가 벼슬도 못하고 또 아리따운 여인들도 만나지 못하면 형이 어찌하시려오?"

"나처럼 볼품없는 인물로도 높은 벼슬에 올라 봄바람 불고 가을 달 비칠 때면 아름다운 여인들과 흥미롭게 지내는데, 형같이 당당한 풍채로서야 땅 짚고 헤엄치기는 오히려 손바닥이나 아프지요."

토끼 눈을 말똥말똥 주둥이를 날름날름하면서도 고개를 갸웃거린다.

"예로부터 수국은 우리 같은 짐승들이 오고 가지 못한다고 들었소. 가고 싶은 생각이야 간절하지만 갈 수 없는 것을 어찌하겠소."

"그것일랑 조금도 걱정하지 마시오. 내 등에 업히면 천 리 만 리 먼 먼 길과 파도치는 바다라도 평지 삼아 갈 수 있소."

"말씀이 그럴듯하나, 생각해 보니 갈 마음이 전혀 없소."

별주부 얼굴색을 고쳐 말한다.

"정 위태하거든 미리 그만두는 것이 좋은 일이겠소만, 참 안타까운 노릇이오. 토생원의 빼어난 인물, 티끌 많은 세상에 태어나서 항상 생사를 넘나드니 그게 참으로 안타깝소. 그럼, 잘 계시오."

별주부가 뒤도 돌아보지 않고 앙금앙금 기어 산을 내려간다. 토끼가 내려가는 자라를 한참 동안 바라보다가 갑자기 소리를 질러 부른다.

"아니, 어디를 그리 급히 가시오?"

"호랑이를 찾아가오."

"무슨 일로 찾아가오?"

"수국에서 들으니 호랑이는 모든 짐승의 우두머리라 합디다. 그 말대로라면 그대보다 소견이 넉넉할 듯하여 보러 가오."

"우리 호랑이 삼촌께서는 모든 일을 다 내게 와 의논합니다. 그러니 만나 봐도 쓸데없을 것이오. 게다가 지금은 멀리 나들이를 갔으니 만날 수도 없소. 잠시 화를 참으시고 이리 와 보시오."

별주부가 두세 번 사양하다가 마지 못하는 체하고 나아가니, 토끼가 웃으며 은근하게 말한다.

"형의 마음이 이렇게 결백하시니 설마 속이기야 하겠습니까. 다만 낯선 곳을 가려니까 의심이 나서 그랬소. 믿지 못한 것이 미안하오만 같이 수국에 갈 수 있도록 해 주시오."

별주부 마음에 기쁘나 다시 한 번 몸을 돌린다.

"의심이 정 남거든 진작 그만두시오. 다른 데 가서 알아보겠소."

"이제는 진정으로 의심하지 않고 함께 가겠소."

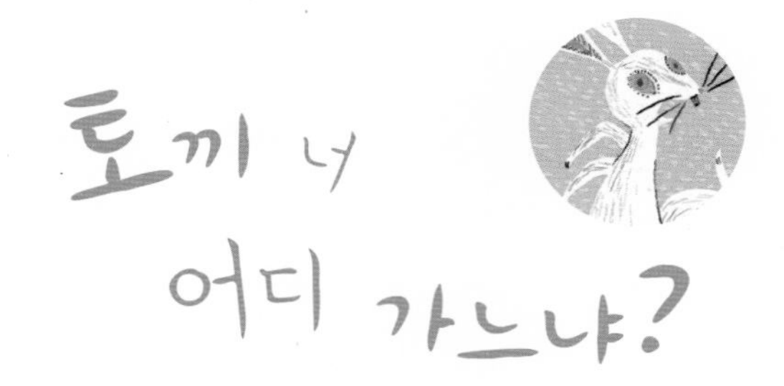

별주부가 못 이기는 척 허락하고 토끼와 함께 산을 내려온다. 자라는 앞에서 앙금앙금, 토끼는 뒤에서 까불까불, 먼 길 걸어 바닷가로 내려온다. 이때 건넛산 바위틈에서 여우란 놈이 썩 나선다.

"여봐라, 토끼야."

"왜?"

"너 어디 가느냐?"

"나 수국 간다."

"수국은 무엇하러 가느냐?"

"훈련대장 벼슬하러 간다."

"어따, 이 실없는 놈아, 자라 놈의 말만 듣고 그 먼 바다를 가려 하는구나. 옛일을 모르느냐? 삼려대부 굴원이도 물고기 배 속에 외로운 혼이 되었고, 장사태부 가의도 양자강에 빠져 죽었다더라. 게다가 순임금의 두 아내 아황 여영이도 순임금 따라오다 소상강에서 죽었다 하니 산속 짐승이 물에 들어가면 어찌 되겠느냐? 가지 마라."

"그래도 나는 수국 가서 구경만 하고 올란다."

"가지 마라. 별 볼일 없는 너를 말려 무엇하겠느냐마는, 옛글에 이르기를 '토끼가 죽으니 여우가 슬퍼한다.'라고 했느니라. 너와 내가 이 산중에 살면서 굴속에 보금자리 꾸미고 숲 속 샘물같이 마시며 늙어가고 있지 않으냐? 잠시도 이별 말자 했으니 가지 마라. 위태로운 수국에는 가지 마라. 위험한 곳에는 들어가지 않는 것이 가장 좋다 했으니 제발 덕분 가지 마라."

토끼가 이 말을 듣고 뒤로 발딱 자빠진다.

"우리 여우 사촌 아니었더라면 하마터면 죽을 뻔했구나! 여보 별주부, 평안히 가시오. 나 안 가려오."

토끼가 도리어 산 위로 깡짱깡짱 올라가니, 별주부 기가 막힌다.

"네 이놈, 여우야. 네가 바로 네 사촌 수달피를 따라서 우리 수국에 들어왔던 놈이로구나. 다른 나라에서 온 짐승이라 귀하게 여겨서 호조 판서 시켰더니, 호조 돈 삼만 냥을 다 잃어버린 놈이 너 아니냐? 그 돈 노름으로 다 잃은 뒤에 곤장 삼십 대 맞고 쫓겨난 놈이 이제 와

- **삼려대부 굴원**(三閭大夫 屈原) 초나라 시인으로 회왕의 신임을 얻어 삼려대부가 되었으나 누명을 쓰고 멱라수에 빠져 죽었다.
- **장사태부 가의**(長沙太傅 賈誼) 중국 한나라 사람. 학식과 글재주가 뛰어나서 효문제 때에 박사가 되었으나 모략을 받아 변방인 장사 지방의 태부로 좌천됐다. 멱라수에서 굴원을 추모하는 글을 지었다고 한다.

서 무슨 말을 하려고 그러느냐? 네 놈 한 일이 탄로 날까 두려워 남조차 못 가게 심술을 부리는구나. 이 때려죽일 놈!"

토끼란 놈 이 말을 듣고 깡짱 돌아선다.

"주부 말씀이 다 옳소. 저놈의 심술이 꼭 그러하지요. 먹을 데는 지가 앞서서 가고, 재 너머 김 포수 목 잡고 앉은 데는 항상 나를 먼저 보냅니다. 여보 별주부, 나랑 같이 갑시다. 그런데 가기는 가지만, 만일 따라갔다가 수국 천 리 먼먼 길에 한번 가서 소식이 끊어지면 나만 불쌍하게 되는 것 아니오?"

"그것은 조금도 염려 마오. 옛적에 맹자도 천 리를 멀다 않고 양혜왕을 찾아가서 뵈었고, 여상도 문왕 따라 주나라에 들어가 귀하게 되었으며, 백리해도 목공 따라 진나라에 가서 귀하게 되지 않았소? 토생원도 나를 따라 수국에 가면 훈련대장을 맡아 할 것이니 염려 말고 들어갑시다."

"그러하면 가십시다."

자라는 앞에서 성큼성큼, 토끼는 뒤에서 살랑살랑. 아름다운 경치를 바라보며 멀리 바다로 내려가니 토끼 입에서는 노랫가락이 절로 나온다.

- **맹자도 ~ 뵈었고** 중국 전국 시대 때 양혜왕은 서울을 대량으로 옮긴 뒤, 나라를 부흥시키려고 천하의 인재를 불러들였는데 맹자도 그를 찾아간 적이 있다.
- **여상도 ~ 되었으며** 여상(呂尙)은 은나라 말 주나라 초의 정치가. 주나라 문왕의 군사가 되어 많은 공을 세우고 후에 제후가 되었다.
- **백리해도 ~ 않았소** 백리해는 춘추 시대 우나라 사람으로, 우나라가 진나라에 망했을 때 진나라 목공이 그를 신하로 삼아 국정을 맡겼다고 한다.

푸른 강물 위에 뒤웅뒤웅 떠나가는 것은
한가한 초강 어부 풍월 실어 가는 배요
넓고 넓은 푸른 물결 위에 노니는 것은
쌍쌍이 백구로구나.
쓸쓸한 가을바람이 기러기 떼를 보내니
울고 가는 저 기러기야 너 어디로 향하느냐?
거기 잠깐 머물러 이내 말 들어 다오.
우리 벗님 앵무에게
백운 청산 놀던 토끼 벽해 수국 가더라고
그 말 잠깐 일러 다오.

바닷가에 이르니 끝없이 펼쳐진 바다에 호호탕탕 물결치며 큰 파도 일어나 우러렁 출렁 부서진다. 이 모습을 본 토끼가 깜짝 놀라며 한 발 뒤로 물러선다.

"애고, 이 물이 나를 덮는다."

뒤로 뛰어가다가 돌아서 자라에게 매달린다.

"물소리 무서워 차마 못 가겠소. 이내 몸 수국 가서 용이 된다 해도 도저히 못 가겠소."

별주부 화를 내어 꾸짖는다.

"방정맞다 저 토끼! 복이 없다 저 토끼! 요망하다 저 토끼! 의심 많다 저 토끼! 거친 산속 사는 목숨 언제 죽을지도 모르면서 그저 태평으로만 생각하는구나. 애달프고 원통하고 불쌍하고 가련하다."

토끼가 기어 들어가는 목소리로 말한다.

“형이 먼저 하신 말씀이 산꼭대기로 올라가면 수할치 있고, 중허리엔 포수 있고, 들에는 농부 목동 있다 했는데, 그때는 정신이 아득해 대답하지 못했소. 이제 자세히 생각하니 굴로 달아나면 될 것 같소.”

“어허 가소롭다. 어허 가소롭다. 토생원이 가소롭다. 굴속은 안전할까? 수할치 산포수에 초동, 목동, 농부 들이 일시에 힘을 합해 쫓아가 찾은 후에 마른 갈대 수없이 베어다가 굴 어귀에 쌓아 놓고 화약 염초 불 지르면, 석 달 동안 계속되었다는 아방궁 불길이 이보다 더하겠는가? 독한 연기 모진 불꽃, 화살 쏘듯이 들어가니 다시는 어이 살리.”

토끼가 다시 몸을 부르르 떤다.

“형은 내 어디가 그렇게 미워서 독한 말만 골라 하십니까?”

별주부가 빙그레 웃고 말한다.

"형의 관상을 보니 골격이 맑고 빼어나나, 인중이 짧은 게 탈이오. 어찌 오래 살기를 바라겠소."

토끼가 의심이 나서 가만히 솔잎을 뜯어내어 인중을 견주어 보니 비록 끝을 잡았지만 떨어져 버리고 만다.

"인중이 짧아도 수국에 들어가면 화를 면하고 오래 살 수 있겠소?"

"수국에서 수백 세 장수하고 벼슬이 일품에 있는 자도 그대 인중보다 한 치나 짧은 자가 무수하오. 정 믿지 못하겠거든 내 인중을 보시오. 이 짧은 인중을 가지고 인간 세계에 있었으면 벼슬은 그만두고 이제까지 목숨이나 보전할 수 있었겠소? 그대가 산중 세계를 낙원으로 알고 수국에 가지 않으려 하는 것도 다 인중이 짧은 탓인 모양이오. 가려거든 갈 것이요, 말려거든 마시오. 그대가 수국 가서 아무리 귀하게 된들, 내 몸에 무슨 상관이 있으며 내게 무슨 덕이 있겠소. 정 싫거든 마시오그려. 오늘 오시에 김 포수가 날린 총알이 긴 허리에 '탕' 맞으면……."

"아이고 여보시오. '탕' 소리는 빼 버리시오. 우리 삼대가 다 총으로 망했소. 수국에 가면 총 없소?"

"아, 총이라 하는 것은 불이 일어나야 나가는 물건인데 물속에서 어찌 총을 쏠 수 있단 말이오?"

"또 수할치 없소?"

"없지요."

"사냥개 없소?"

"없지요."

"농부 목동 없소?"

"없지요."

토끼 거듭 생각하다가 문득 깨닫고는,

'대장부 죽을지언정 어찌 친구의 말을 듣지 아니하리오.' 하고 마음속으로 굳게 다짐을 한다.

"이제는 의심하지 않겠소. 함께 갑시다."

별주부 기뻐하며 토끼와 함께 물가로 내려선다.

"저 물 깊은가요?"

"깊지요."

"그러면 형이 먼저 들어가시오. 한번 봅시다."

"그리하오."

별주부가 의심하는 기색 없이 물속에 들어가 네 발로 물을 휘저으며 헤엄을 친다.

"여보, 내 몸도 이렇게 뜨는데 토생원은 발목이나 젖겠소?"

토끼 앞발로 그루터기를 휘어잡고, 뒷발을 차츰차츰 넣을 때, 자라가 화살같이 빠르게 달려들어 뒷다리를 낚아챈다.

"에라 요놈, 들어가자."

와라락 잡아당기니 토끼가 허위허위 텀벙 물속으로 들어간다.

- **인중(人中)** 코와 윗입술 사이에 오목하게 골이 진 곳.
- **오시(午時)** 십이시의 일곱째 시. 오전 열한 시부터 오후 한 시까지.

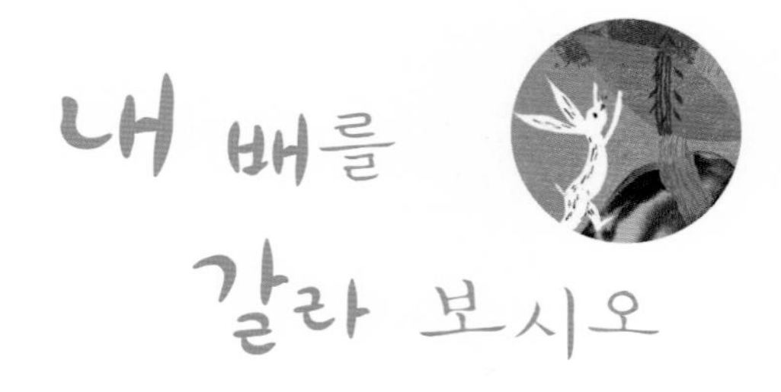

내 배를 갈라 보시오

자라가 토끼를 등에 업고, 서산에 해 떨어지듯 푸른 물결 위로 등등 떠간다. 돛대 없는 당도리선같이 혹 보였다 혹 잠겼다 하며 바닷속으로 들어가니 토끼가 숨이 막혀 고함을 지른다.

"애고 죽겠다. 숨 막힌다, 놓아 다오. 귀에 물소리 앵앵한다, 놓아 다오."

"어허 이놈, 아가리 벌리지 마라. 짠 바닷물 들어가면 간 녹는다. 이놈아, 이제 할 수 없으니 내 등에 업혀서 이곳저곳 구경이나 착실히 해라."

물소리에 간장이 녹는 듯하나 이제는 어쩔 도리가 없다. 토끼는 자라 등에 바짝 매달려 정신을 잃지 않으려고 무진 애를 쓴다. 이윽고 물소리 그치고 사면이 고요하다.

"자, 이제 다 왔소. 내리시오."

"주부의 말 중에 내리란 말이 가장 듣기 좋소."

토끼가 얼른 내려 주위를 둘러본다. 귀신 얼굴을 한 물고기들이 큰 문을 지키고 서 있는데, 문 위에는 순금으로 쓴 '남해 영덕전 수정문'이라는 현판이 달려 있다.

토끼가 황홀한 마음을 이기지 못하고 별주부에게 칭찬을 늘어놓는다.

"형의 말씀이 진실로 거짓이 아니라는 것을 이제 알겠소. 우리 인간 세상에 이러한 곳이 흰쌀에 뉘만큼만 있다 해도 이렇게 힘든 걸음을 하지는 않았을 것이오. 그동안 여러 해 고생하다가 이렇게 선경을 보니 '괴로움이 다하면 즐거움이 찾아온다.'라는 말을 이제야 비로소 알 듯하오. 기쁜 마음 한량없지만 이제는 잘살고 못사는 일이 형에게 달렸으니 좋은 데로 천거해 주시오."

별주부가 속으로는 비웃으면서도 겉으로는 내색하지 않는다. 문밖에 토끼를 기다리게 하고 대궐로 들어가 토끼 잡아 온 사연을 낱낱이 아뢰니 용왕이 기쁨을 이기지 못한다.

"그래, 험한 세상에 무사히 다녀왔으며 노독이 심하지는 않은가?"

용왕이 별주부를 위로한 뒤 바삐 토끼를 잡아들이라 한다. 이때 토끼는 마음이 불안하여 귀를 기울이고 궁궐 소식을 엿듣고 있는데, 갑

- **뉘** 쌀 속에 등겨가 벗겨지지 않은 채로 섞인 벼 알갱이.
- **노독(路毒)** 먼 길에 지치고 시달려서 생긴 피로나 병.

남해 영덕전 수정궁

자기 '잡아들이라'는 고함 소리가 들린다. 토끼가 더럭 의심이 들어 급히 궁문 뒤 물풀 사이로 숨는다.

별주부가 군사를 거느리고 나와 보니 토끼가 없다. 잠시 주변을 둘러보다 큰 소리로 토끼를 부른다.

"토생원은 어디 계시오? 여기서 '잡아들이라'는 말은 인간 세상의 '모셔 들이라'는 말과 같소이다."

토끼는 의심이 가시지 않아 성큼 나서지 못한다. 하지만 별주부는 이미 토끼의 얕은꾀를 아는지라 무사를 시켜 다시 한 번 소리치게 한다.

"새로 훈련대장 제수 받으신 토생원은 어디 계십니까?"

토끼가 그 말을 반겨 듣고 얼른 모습을 드러낸다. 수국 군사들은 토끼 모습을 보자마자 달려들어 네 발을 꽁꽁 묶는다.

"아니, 훈련대장 제수하신다더니 이게 무슨 짓이오?"

"본래 그러하오."

"우리 인간 세상에서는 벼슬아치들이 입궐할 때 그 지위에 따라 백마를 타거나 수레를 타거나 하다못해 바싹 마른 당나귀라도 타고 들어가는데, 이렇게 묶는 것은 무슨 까닭이오?"

"이보시오. 토생원이 뭘 모르십니다. 예의 법도란 것이 읍마다 각기 다르고 동마다 각기 다른 것인데, 인간 세상과 수국의 법도가 어찌 같을 수 있단 말이오. 우리 수국에서는 꽁꽁 묶으면 묶을수록 벼슬이 더 높아 간다오."

토끼가 눈을 깜빡거리며 생각에 잠긴다.

'제기, 벼슬을 두 번만 더 하다가는 목숨이 끊어지겠구나. 그러나 이왕

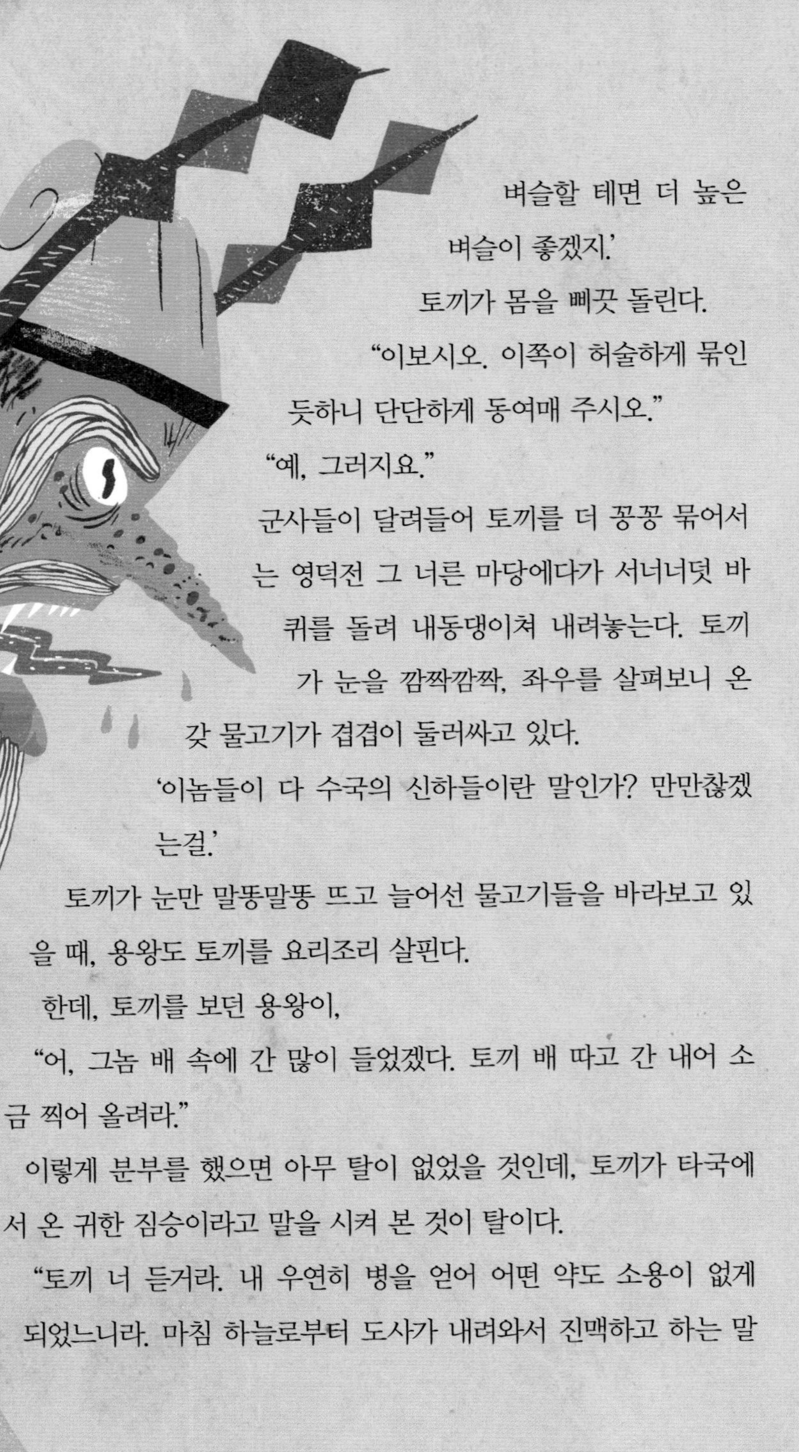

벼슬할 테면 더 높은 벼슬이 좋겠지.'

토끼가 몸을 삐끗 돌린다.

"이보시오. 이쪽이 허술하게 묶인 듯하니 단단하게 동여매 주시오."

"예, 그러지요."

군사들이 달려들어 토끼를 더 꽁꽁 묶어서는 영덕전 그 너른 마당에다가 서너너덧 바퀴를 돌려 내동댕이쳐 내려놓는다. 토끼가 눈을 깜짝깜짝, 좌우를 살펴보니 온갖 물고기가 겹겹이 둘러싸고 있다.

'이놈들이 다 수국의 신하들이란 말인가? 만만찮겠는걸.'

토끼가 눈만 말똥말똥 뜨고 늘어선 물고기들을 바라보고 있을 때, 용왕도 토끼를 요리조리 살핀다.

한데, 토끼를 보던 용왕이,

"어, 그놈 배 속에 간 많이 들었겠다. 토끼 배 따고 간 내어 소금 찍어 올려라."

이렇게 분부를 했으면 아무 탈이 없었을 것인데, 토끼가 타국에서 온 귀한 짐승이라고 말을 시켜 본 것이 탈이다.

"토끼 너 듣거라. 내 우연히 병을 얻어 어떤 약도 소용이 없게 되었느니라. 마침 하늘로부터 도사가 내려와서 진맥하고 하는 말이 '살아 있는 토끼의 간을 구하여 먹으면 금방 나으리라.' 하기에 어진 신하를 세상에 보내어 너를 잡아 왔느니라. 죽는다고 한탄하지 말아라. 네가 죄 없는 줄이야 알지만 과인의 한 몸이 너와 달라, 만일 내가 불행해지면 한 나라의 백성과 신하들을 보존하기 어려운 줄 넌들 설마 모르겠느냐. 너 죽고 과인이 살아나면, 수국의 모든 백성 다 살리는 것이니 네가 바로 일등 충신이로다. 너 죽은 후에 네 몸 곱게 묻고 나무 비석이라도 만들어서 세울 것이니라. 또 설, 한식, 단오, 추석 제사를 착실히 지내 줄 것이니 죽는 것을 조금도 한탄하지 마라. 할 말이 있거든 하고 그냥 죽어라."

토끼가 그제야 별주부에게 속은 줄을 알고 가슴을 친다. 하지만 지금은 어쩔 도리가 없다. 토끼가 잠시 눈을 깜짝깜짝 하더니 얼른 한 꾀를 생각하고 배를 앞으로 쭉 내민다.

"자, 내 배 따 보시오."

용왕이 덜컥 의심이 난다.

'저놈이 죽지 않으려고 온갖 변명을 늘어놓을 텐데, 배를 의심 없이 내미는구나. 무슨 까닭이 있는가 보다.'

용왕이 궁금함을 이기지 못해 묻는다.

"무슨 까닭인지 말이나 하고 죽어라."

"말할 것도 없소. 소토의 배나 쭉 따 보시오."

"어따, 이놈아. 말을 해라."

"말해도 곧이듣지 않을 테니, 어서 따 보란 말이오."

"이놈이! 어서 말을 하래도!"

"말을 하라니 하오리다. 말을 하라니 하오리다. 전하 하교 이렇듯 감사하오니, 신이 백 번 죽는다 해도 오히려 영광이옵니다. 전하의 옥체가 낫기만 한다면 이 한 몸 무엇이 아깝겠습니까만, 다만 그렇지 아니한 사연이 있사오니 그게 원통할 따름입니다. 통촉하옵소서."

"그 사연이라는 게 도대체 무엇이란 말이냐?"

"소토의 배를 갈라 간이 들었으면 좋겠지만, 만일 간이 없으면 불쌍한 소토의 목숨만 끊을 것입니다. 소토가 죽고 나면 누구에게 간을 달라고 하며, 어찌 다시 구할 수 있겠습니까?"

"이놈, 네 말이 간사한 말이로다. 의서에 이르기를 비장에 병이 들면 입으로 음식을 먹지 못하고, 쓸개에 병이 들면 입으로 말을 하지 못한다 했다. 또 콩팥에 병이 들면 귀로 듣지 못하고, 간에 병이 들면 눈으

로 보지 못한다고도 했느니라. 당치 않은 소리 하지 마라. 간이 없고서야 어찌 눈을 들어 만물을 볼 수 있더란 말이냐?"

토끼가 더 당돌하게 말한다.

"소토의 간은 달의 정기를 받아 만들어진 것이라, 보름이면 간을 꺼냈다가 그믐이면 다시 넣습니다. 간을 꺼낼 때마다 세상의 병든 사람들이 간을 달라고 보채기로, 꺼낸 간을 파초 잎에다 꼭꼭 싸서 칡넝쿨로 칭칭 동여, 영주산 바위 위 계수나무 늘어진 가지 끝에다 매달아 두는 것이옵니다. 이번에도 간을 꺼내 나무에 달아 놓고 계곡 사이를 흐르는 맑은 물에 발 씻으러 내려왔다가 우연히 주부를 만나 수국 흥미가 좋다고 하기로 구경차로 왔나이다."

여기까지 말하던 토끼가 갑자기 자라를 노려본다.

"원통하다 별주부야, 미련하다 별주부야, 대왕께서 병들었다는 사실을 속이고 그저 달콤한 말로 나를 유혹하기만 했구나. 신하된 도리

로 어찌 그럴 수 있단 말이냐?"

다시 고개를 돌려 용왕을 바라본다.

"소토가 별주부를 만났을 때는 보름이 갓 지났을 때였습니다. 갈 길이 급하다고 별주부가 보채기에 이전에 꺼내 둔 간을 미처 가져오지 못했사옵니다. 며칠 말미를 주면 인간 세상 간 둔 곳을 찾아가서 저의 간뿐 아니라, 친구들 간까지 널리 구해 오겠사옵니다."

용왕이 크게 꾸짖는다.

"이놈, 네 말이 당찮은 말이로다. 사람이나 짐승이나 한 몸에 든 내장은 다를 바가 없는 것이다. 어찌 간을 내고 들이고 마음대로 한단 말이냐? 내 당초에 듣기 좋은 말로 너를 타일렀건만, 너같이 미천한 것이 요망한 말로 나를 속이니 이제는 죽어도 공이 없으리라."

무사에게 호령하여 궁문 밖에 잡아내어 신속히 배를 가르라 엄하게 분부를 한다. 토끼 얼굴빛을 바꾸지 아니하고 히히히히 웃으면서 더 당당하게 말한다.

"대왕께서는 하나만 알고 둘은 모르시옵니다. 복희씨는 어찌하여 뱀의 몸에 사람 얼굴이며, 신농씨는 어찌하여 사람 몸에 소 얼굴이옵니까? 대왕의 꼬리가 저렇게 길고 소토 꼬리가 이렇게 묘똑한 것은 무슨 까닭이옵니까? 대왕의 몸뚱이는 비늘이 번쩍번쩍하고, 소토의 몸뚱이는 털이 요리 송살송살한 것은 또 무슨 까닭이옵니까? 까마귀로 말해도 오전 까마귀 쓸개 있고, 오후 까마귀 쓸개 없다 했사옵니다. 그런데도 인간이나 날짐승 길짐승 또 물고기 들이 다 한가지라고 빽빽 우기시니 답답할 따름이옵니다."

"그러하면 네 몸에 간을 내고 들이고 하는 표가 있느냐?"

"있습지요."

"어디 보자."

"자, 보시오."

용왕이 들여다보니 빨간 구멍 세 개가 늘어서 있다.

"저 구멍이 모두 무엇하는 데 쓰이는 것이냐?"

"한 구멍으로는 대변을 보고, 또 한 구멍으로는 소변을 보며, 또 한 구멍으로는 간을 통째로 내고 들이고 하나이다."

"그러면 간은 어떻게 내고 들이고 한단 말이냐?"

토끼가 그제야 큰 숨을 쉰다.

"낼 때는 밑구멍으로 내고 넣을 때는 입으로 넣사옵니다. 천지의 기운을 따라 내고 들이고 하기 때문에 해와 달의 기운이 섞이고 아침 안개 저녁 이슬이 함께 녹아드는 것이옵니다. 소토의 간이 산삼보다 낫고 우황보다도 낫다고 하는 것이 바로 이 때문이옵니다."

"그러면 세상에서 네 간으로 효험 본 이가 더러 있느냐?"

"있다 뿐이겠습니까? 소토 부친이 경치 구경을 좋아하여

이 산 저 산 거침없이 다녔는데, 좁은 벼랑 앙금앙금 돌아들다 발을 헛디뎌 물에 풍덩 빠져 거의 죽게 된 일이 있었사옵니다. 이때 동방삭이 신선 찾아 놀러 왔다가 소토의 부친을 덤벙 건져 살아났지요. 그 은혜에 감격하여 간을 세 조각 내어 주었더니 동방삭이 받아먹고 삼천갑자를 살 수 있었사옵니다.

또, 소토 조부께서 간을 내어 달빛을 쏘인 뒤 맑은 물에 담가 놓고 헐렁헐렁 씻을 때였습니다. 가난하게 팔십을 산 강태공이 그 물빛을 짐작하고 잔을 얼른 끌러 그 물을 덤벅 들입 떠서 세 모금을 마신 뒤로 부귀영화를 누리며 팔십을 더 산 일도 있다 하옵니다.

그러한 소문이 널리 퍼져 남녀노소 상하 없이 소토를 찾아와서 '늙

고 병드신 부모님 살리게 간 조금만 빌려 주소, 혼자 살아가는 가장 살리게 간 조금만 빌려 주소, 삼대독자 외아들이 거의 죽게 되었으니 간 조금만 파시옵소서.' 하며 비는 소리가 끊이질 않았사옵니다. 이 소리가 옥황상제의 귀에까지 들어가니 상제께서는 '너는 어찌 간 하나를 가지고 거둬들일 목숨을 똑똑 살려 하늘의 이치를 어기느냐? 요망하다.' 하고 꾸짖으시기에 이후로는 간을 주지 않았사옵니다. 하오나 대왕께옵서는 남해궁을 다스리는 분이시고 백성들의 생사를 쥐고 있는 분이시라 간을 드리지 않을 수 없을 것이옵니다. 대왕께서 소토 간을 잡수시기만 한다면 병들지 않고 늙지도 않고 오래오래 사실 것이옵니다. 게다가 정력에는 더할 나위 없이 좋사옵니다."

용왕은 병 없이 오래 산다는 말보다 정력에 좋다는 말이 더 귀에 솔깃하다.

"그러면 간을 어디다 두었느냐?"

"예, 간 둔 곳을 말씀드리겠사옵니다. 인간 세상으로 깊이 들어가면 영주산이라는 산이 있고, 그 산꼭대기에는 천 년 묵은 소나무가 있사옵니다. 그 소나무 늘어진 가지 하나, 둘, 셋째 가지 끝에다 매달아 놓았사옵니다. 칡 잎으로 약봉지 싸듯 꽁꽁 싸서 매달아 놓고 왔으니 옥황상제나 떼어 가지, 다른 어떤 사람도 손을 대지 못할 것이옵니다."

왕이 좌우의 여러 신하를 돌아보며 말한다.

"배를 갈라 간이 있으면 좋거니와 만약 없으면 공연히 불쌍한 목숨만 끊고 간을 구하지 못할 것이니, 토끼를 살려 주는 것이 어떻겠소?"

여러 신하가 함께 머리를 조아린다.

"전하 하교 마땅하여이다."

이때 금붕어가 앞으로 나와 조심스럽게 아뢴다.

"전하, 세상의 일이란 것은 예측을 할 수가 없사옵니다. 그러하니 토끼에게 간 둔 곳을 물어보아 별주부만 보내어 찾아오게 하는 것이 마땅할 듯하옵니다."

토끼가 금붕어를 바라보며 빙그레 웃는다.

"그 말이 그럴듯하오만, 소신이 어찌 조금이라도 속이겠사옵니까? 소토도 먼먼 길 두 번 다시 오고 가기 싫사옵니다. 주부만 보내고 그 사이 노독이라도 풀 수 있다면 좋겠사옵니다. 하오나 인간 세상은 수국과 달라 산천이 험악하고 초목이 무성하여 늘 다니는 소토라도 오히려 동서남북을 분별치 못할 때가 많사옵니다. 주부에게 간 둔 곳을 말한들 어디를 가서 찾을 수 있겠사옵니까? 익숙지 못한 길 두루 다니다가 목숨을 보전하기 어려울까 그것이 염려되옵니다. 인간 산천의 길이 얼마나 험악한지는 주부에게 물어보소서."

용왕이 토끼의 말을 옳게 여겨 묶은 것을 풀고 윗자리에 오르게 하니 별주부가 울면서 만류를 한다.

"토끼란 놈이 본시 간사하옵니다. 배 속에 달린 간 꺼내지 않고 도로 보내면 초목금수라도 비웃을 것입니다. 일곱 번 풀어 준 맹획을 다시 일곱 번 잡아들인 제갈량의 재주가 아닐진대, 한번 놓아서 보낸 토끼를 어찌 다시 구하리까? 당장 배를 따 보시옵소서. 만일 간이 없다면 소신을 능지처참하고 또 소신의 가족까지 다 죽인다 하더라도 여한이 없사옵니다. 소신의 말 들으시고 당장에 배를 따 보시옵소서."

토끼가 들으니 기가 막힌다.

"이놈 별주부야, 얘 이놈 별주부야. 네가 나와 무슨 원수진 일이 있길래 그다지 모진 말을 하느냐? 내 배를 갈라 간이 들었으면 좋겠지만, 만일 간이 없다면 백 년을 더 살 너의 용왕 하루도 살기 어려울 것이다. 나 또한 너의 나라 원귀가 되어 조정의 모든 신하를 한날한시에 모두 몰살할 것이다. 아나, 옜다. 배 갈라라. 아나, 옜다, 배 갈라라. 똥밖에 든 것이 없다. 내 배를 갈라 너 보아라."

토끼가 이렇게 악을 바락바락 쓰니 용왕도 신하들에게 더 이상 다른 말을 하지 못하게 한다.

"다들 그만두시오. 이제부터 다시 토공을 해치는 말을 하는 자가 있으면 그물이 쳐진 곳으로 유배를 보낸 것이오!"

• **초목금수(草木禽獸)** 풀과 나무, 날짐승과 길짐승을 아울러 이르는 말. 온갖 생물을 이른다.

용궁 기행문

내가 가 본 용궁

김시습의 《금오신화》 중 〈용궁부연록〉에서 한 선비는 상량문을 지어 달라는 용왕의 초대로 용궁을 여행합니다. 한 선비는 용궁에서 화려한 잔치를 즐기지만 그곳에 다녀온 뒤로는 오히려 인생의 덧없음을 느끼고 세상을 등진 채 산으로 들어가지요. 이 소설에서 용궁 체험은 인생의 유한함을 깨닫고 성찰하는 계기로 그려집니다.

용궁은 한없이 환상적인 낙원이면서, 동시에 인생의 덧없음을 깨닫는 공간이었어.

《최고운전》의 최치원

문필력이 대단한 최치원에게 용왕의 아들이 찾아와 겸손하게 배움을 청합니다. 용궁의 존재들이 인간에게 도움을 받는다는 설정은 부에서는 지상 세계가 용궁을 따라갈 수 없지만 문화에서만큼은 지상인들이 우월하다는 자부심을 담고 있습니다.

내가 용왕의 아들 이목에게 한 수 가르쳐 줬지.

옛사람들은 바닷속에 용궁이 있고 그곳에 용왕이 살고 있다고 믿었습니다. 그래서 고전 소설의 배경으로 용궁이 자주 등장하지요. 그들은 소설 속에 그려진 용궁을 통해 신비로운 바닷속을 꿈꾼 것입니다. 고전 소설의 주인공들이 떠난 용궁 여행을 우리도 따라가 볼까요?

《심청전》의 심청

심청의 삶은 용궁을 여행한 후로 완전히 바뀝니다. 용궁은 이전의 고난이 모두 사라지고 새로운 세상이 열리는 장소이지요. 물 또한 죽음을 의미하면서 동시에 부활을 뜻합니다. 이러한 완벽한 변화와 행복은 현실의 고난을 안고 살아가는 조상들이 상상을 통해서나마 실현하고 싶은 꿈이었을 것입니다.

《토끼전》의 토생원

토끼는 처음에 용궁을 신비롭고 풍요로우며, 성대하고 융숭한 대접을 받을 수 있는 좋은 곳으로 여겼습니다. 하지만 자신의 생명이 위협을 받는 순간, 육지가 훨씬 좋은 곳임을 깨닫지요. 병과 죽음이 도사리는 용궁은 육지와 별다를 게 없었습니다. 자신이 살던 육지의 소중함을 깨달은 토끼를 통해서, 우리 조상들이 현실에서 몸담고 있는 삶의 터전에 대해 애정과 긍정적인 태도를 지니고 있었음을 엿볼 수 있습니다.

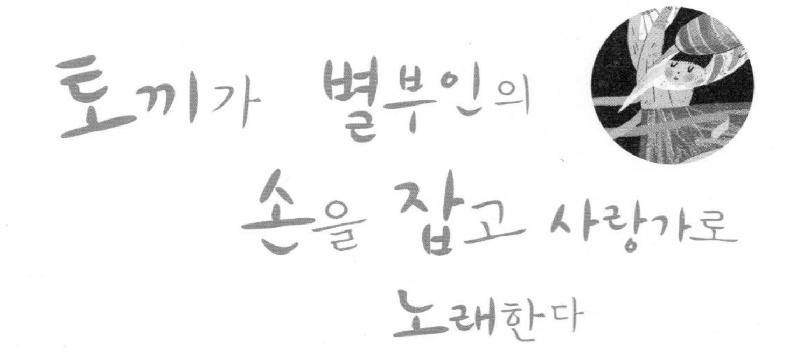

토끼가 별부인의 손을 잡고 사랑가로 노래한다

토끼 묶은 것을 풀고 영덕전 마루 위에 올려 앉히니 토끼가 다시 무릎을 꿇고 말한다.

"미천한 소토를 전하 옆에 앉히시고 이렇게 후한 대접을 해 주시니 황송한 말씀 어찌 다할 수 있겠사옵니까?"

용왕이 이제는 토끼를 한껏 높여 말한다.

"토공은 인간 세상에 살고 과인은 수궁에 살아 그동안 서로 오고 가지 못했소. 오늘 이렇게 만난 것은 하늘의 도움이니 반갑기 그지없소. 내 아까는 토공에게 잠시 농담한 것이니 너무 마음에 담아 두지 마시오."

"전하께서 그렇게 말씀하시니 간이 아니라 목을 베어 바친들 어찌 아깝다 하오리까?"

용왕이 크게 기뻐하고 토끼를 위하여 잔치를 베풀게 한다. 아름다운 음악과 좋은 음식으로 토끼의 마음을 위로하고자 하는 것이다.

기린포를 안주 삼아 앵무잔에 천일주 한 잔을 졸졸 부어 용왕이 주인의 도리를 한답시고 먼저 몇 잔을 마시고 토끼에게 권한다. 물정 모르는 토끼는 세상 술과 같은 것인 줄 알고 맛보느라고 이삼십 잔, 맘껏 먹어 본다고 오륙십 잔, 이렇게 한 칠팔십 잔을 마신다. 토끼가 술에 크게 취해 제멋대로 용왕의 호를 지어 부른다.

"여보소 용게미."

용왕 역시 술이 다뿍 취하여 맞장구를 친다.

"아, 토게미, 왜 그러시나?"

"아, 내가 지난날 《동의보감》을 많이 보았지만, 토끼 간이 약 된다는 말은, 끅. 배 속에 달린 간을 들이고 내고 한단 말은, 끅."

여기까지 말하던 토끼가 제풀에 깜짝 놀란다. 토끼 술이 확 깨며,

'아차차차차차차, 봄 꿩이 제 울음 때문에 죽는 꼴이로군.'

하며 급히 말머리를 돌린다.

"기왕 여기까지 왔으니 수국 풍류나 좀 듣고 가면 한이 없겠소."

"안 그래도 토공 위로하려고 지금 막 수국 풍류 대령하라 했네."

자라는 피리 불고, 악어는 북을 친다. 낙지는 깃발 들고, 참고둥은 춤을 춘다. 이어서 아름다운 여인들이 차례로 들어와 생황을 울리며 노래를 한다. 지화자 소리에 흥을 이기지 못한 토끼가 앞으로 나선다.

"그 풍류 소리 듣고만 있자니 도저히 못 참겠네. 나도 춤을 추어 보면 좋겠소."

토끼가 앞발을 뫼 산 자로 추켜들고 춤을 추며 노래를 한다.

앞내 버들은 초록 장막을 둘러치고
뒷내 버들을 유록 장막 둘러치고
석양은 늘어지고 달빛은 쟁쟁 운다.
하늘 따라 내려온 듯, 땅을 따라 솟구친 듯
절벽은 허공에 쉰 길 높이 가로막아 서 있는데
아범은 가래 지고, 어멈은 옹솥 지고,
나는 놀고 지고. 지리지리.

한창 이렇게 춤을 출 때, 토끼 뒤를 졸졸 따라다니던 대장 범치가 소리친다.

"이크, 토끼 배 속에 간이 출랑출랑 하는구나."

토끼가 춤추다 말고 화들짝 놀라 꾸짖는다.

"어떤 게 간이라 하는가? 배 속에 물똥이 들어 출랑거리는 걸 가지고 간이라 하는구나."

토끼가 큰 소리로 꾸짖으면서도 속으로는 뜨끔하여 빨리 자리를 피할 궁리를 한다.

'군자가 낯선 곳의 풍속을 알았으면 빨리 떠나는 것이 옳다고 하더니, 그 말이 맞긴 맞구나.'

함께 잔치에 참여한 별주부가 이 꼴을 가만히 보더니 눈을 부릅뜨고 낮은 소리로 토끼를 나무란다.

"내 듣기에도 출랑출랑하는 것이 분명히 간인 듯한데, 네 얕은꾀로 우리 대왕을 속이려 하느냐?"

토끼가 분한 마음 이기지 못하고 잔치가 끝난 후에 용왕에게 슬며시 말한다.

"소토가 세상에서 약간의 의서를 보았사온대, 기운이 달려서 난 병은 원기를 회복하는 것이 먼저라 했사옵니다. 자라탕이 원기 회복에 제일 좋다 하오니 오래 묵은 자라를 구해 쓰시는 것이 좋을 듯하옵니다. 기운을 회복한 뒤에 소토의 간을 쓰면 대왕의 병은 금방 나을 것이옵니다."

용왕이 이제는 토끼의 말이라 하면 사슴을 말이라 해도 믿는다.

"세상에 나갔던 별주부가 오래 묵은 자라이니, 잡아서 대령하라."

이 말을 듣고 좌의정 거북이 급히 아뢴다.

"옛 말씀에 '토끼가 죽으면 사냥개를 삶아 먹고, 높이 뜬 새가 사라지면 좋은 활이 숨는다.' 했사옵니다. 토선생 말씀이 옳지만 별주부는 멀리 인간 세상에 나가 정성을 다하여 공을 이루고 돌아왔사옵니다. 높은 벼슬을 제수하시기는 고사하고 죽인다는 것은 일찍이 없었던 일이옵니다. 형편을 따라 특별히 암자라로 대신 쓸 수 있도록 해 주시옵소서."

"그러면 그리하라."

뜻밖의 명을 들은 별주부는 정신이 아찔하다. 급히 집에 돌아와 부부가 서로 손을 잡고 통곡한다.

- **유록(柳綠)** 노란빛을 띤 연한 초록색.
- **가래** 흙을 파헤치거나 떠서 던지는 기구.

"내 잠시 경솔한 말로 죄 없는 부인을 죽을 지경에 빠뜨렸소. 이 일을 어찌하면 좋단 말이오."

일의 내막을 들은 별부인이 함께 울음을 운다.

"그래도 토끼와 나는 구만 리 먼먼 길을 함께한 정이 적지 않소. 또 토끼 마음이 악독하거나 고집스럽지 않으니, 우리 정성을 다하여 빌어 봅시다. 측은히 생각한다면 살려 줄 수도 있지 않겠소?"

즉시 별당을 깨끗이 치우고 푸짐한 음식을 장만해 토끼를 정으로 청한다. 별주부 내외는 뜰아래 무릎을 꿇고 수없이 절하며 애걸한다.

"이제 우리 두 사람의 목숨이 선생께 달렸사옵니다. 넓으신 아량으로 불쌍한 목숨 구해 주시옵소서."

토끼가 수염을 만지작거리며 웃는다.

"네가 당초에 나를 죽을 곳으로 끌고 들어온 것도 괘씸하거늘, 하물며 없는 간을 있다 하여 기어이 죽이려 함은 무슨 까닭이냐? 그래 놓고 위태한 목숨 살리기 위해 이렇게 애걸하는 것은 나를 놀리고자 하는 것이로다."

별주부 두 손을 싹싹 비비며 빈다.

"임금의 목숨이 위급하다 하는데 신하된 도리로 어찌 물불인들 사양하오리까? 그것으로 저를 꾸짖는다면 저는 더 드릴 말씀이 없사옵니다. 다만 잔치 자리에서 잠깐 경솔한 말을 한 것은 농담이었사옵니다. 대장부의 너그러운 마음으로 용서하시옵소서."

토끼 더욱 화를 낸다.

"살기를 원한다면 네 아내를 내 방으로 들여보내라. 그렇지 않으면 너희 부부는 말할 것도 없고 네 집안도 화를 피하지 못할 것이니라."

별주부 어쩔 도리 없이 부인을 데리고 잠시 물러 나와 의논을 한다.

"부인의 생각은 어떠하오?"

부인이 고개를 숙이고 대답한다.

"첩은 그저 머나먼 타국까지 나가신 상공께서 공을 이루고 돌아오시기만 기다리고 있었사옵니다. 대왕의 병환이 나으시면 상공은 나라의 충신이 되어 그 영광이 첩에게까지 미쳤겠지요. 하지만 지금은 공명은커녕 도리어 집안이 망할 지경이 되니 무어라 드릴 말씀이 없사옵니다. 다만 '충신은 두 임금을 섬기지 않고 열녀는 두 지아비를 섬기지 않는다.'라는 말을 지키고자 할 따름입니다. 저 죽은 뒤라도 잊지 마시고 '만고열녀별부인별씨지문'이라고 새겨 열녀문이라도 세워 주시면 저의 죽음이 아깝지 않을뿐더러 상공께서도 더욱 빛날 것이옵니다."

별주부가 부인을 달랜다.

"부인의 말씀이 다 옳습니다. 하지만 살길을 외면하고 정절만 지키는 것도 좋은 방책은 아닐 듯하오."

부인이 고개를 숙이고 눈물을 흘리며 말한다.

"상공의 말씀이 그러하시면 첩이 고집을 부리기 어렵사옵니다. 처분대로 하옵소서."

별주부가 즉시 토끼에게 가 그 말을 아뢰니 토끼가 허락을 한다. 별부인은 어쩔 도리가 없이 토끼의 방으로 들어간다. 토끼 의기양양하여 책상에 기대어 묻는다.

"이렇게 아름다운 부인이 지금까지 누추하게 살았소. 인연이 중하여

나 같은 남자를 만났으니 가문이 빛나지 않겠소?"

별부인이 울먹인다.

"첩은 이제 삼강을 어긴 큰 죄인이 되었으니 살아 무엇하겠습니까? 아뢸 말씀 없나이다."

토끼 크게 웃은 뒤 별부인의 손을 잡고 사랑가로 노래한다.

사랑 사랑, 사랑이야.
남창 북창 노적처럼 다물다물 쌓인 사랑
연평 바다 그물같이 코코이도 맺힌 사랑
아리따운 여인네 바느질처럼 솔기솔기 맺힌 사랑
호걸 낭군 내가 되고, 절대가인 네가 되니
이 아니 연분이냐?
사랑하고 귀한 정이 예부터 있건마는
토선생 별부인은 비할 곳 전혀 없구나.

노래 부르기를 마친 토끼가 별부인과 베개를 같이하면서 하룻밤을 함께 지내니, 백년해로하자던 별주부는 뜬구름이 되었구나. 새롭게 맺은 정을 다 풀지도 못하여 창밖으로 해가 떠오른다. 별부인은 토생원의 손을 잡고 떠나는 것을 아쉬워한다.

별부인과 이별한 토끼가 다시 용궁으로 들어가 용왕에게 문안 인사를 드린다.

"어제 자라탕을 쓰시라 한 것은 대왕께서 병환에 걸린 지 오래되어 원기가 너무 부족해서 마지못해 드린 말씀이옵니다. 소토가 밤을 지내며 생각해 보니 아무래도 소토의 간을 먼저 써 병을 돌려놓은 뒤에 다른 것으로 원기를 돋우는 것이 더 나을 듯하옵니다. 하물며 별주부는 공신인데, 그 공을 기리지 않고 도리어 아내를 죽이는 것은 국가의 공론이 아닌 줄 아옵니다. 일이 절박하여 그런 말씀을 드렸사오나, 소토 수국에 들어와 첫 정사를 잘못하면 앞으로 무슨 면목으로 전하의 조정 신하들을 대하오리까?"

왕이 이 말을 듣고 크게 기뻐한다.

"과인도 이제까지 마음을 정하지 못하고 있었소이다. 이제 토공의 말씀을 들으니 막힌 가슴이 뚫리는 듯하오. 그리하오."

즉시 별주부를 불러 그 뜻을 전한 뒤 다시 토끼에게 말한다.

"과인의 병은 이제 잠시라도 그냥 두기 어렵게 되었소. 속히 떠나 과인의 걱정을 덜어 주오."

토끼 역시 잠시도 더 머물고 싶은 마음이 없다.

"소토 본디 인간 세상에 천한 몸으로 태어나 뜻밖에 대왕을 모시고 여러 날 즐겁게 지내오니 세상에 나갈 생각이 없사옵니다. 하물며 있는 간이야 어디 가겠습니까? 하오나 대왕의 병환 위급하니 급히 세상에 나가 간을 가져다가 대왕의 병환 다 낫게 한 뒤에 다시 놀아 보면 좋을 듯하옵니다."

"기특하다, 토공이여! 그대가 바로 충신이로다!"

즉시 별주부를 불러 명령을 내린다.

"어서 빨리 토공을 모시고 세상에 나가 간을 가지고 오라."

자라가 다시 토끼를 업고 길 떠날 채비를 한다. 이때 별부인은 토끼가 떠난다는 소식을 듣고 슬픈 마음을 이기지 못해 급히 토끼에게 편지 한 장을 보낸다.

소첩 별부인은 두 번 절하고 피로 쓴 편지 한 장을 토선생께 올리나이다. 첩은 팔자가 기박하여 열 살이 되기 전에 부모를 여의고 열다섯에 별주부를 만났사옵니다. 하오나 별주부의 성품이 모질고 부부 금슬이 부족하여 마음에 있는 설움 풀 길이 전혀 없었사옵니다. 남모르게 옥황께 피눈물로 소원을 빌었는데, 옥황이 소첩의 정성을 받아들여 준수하신 그

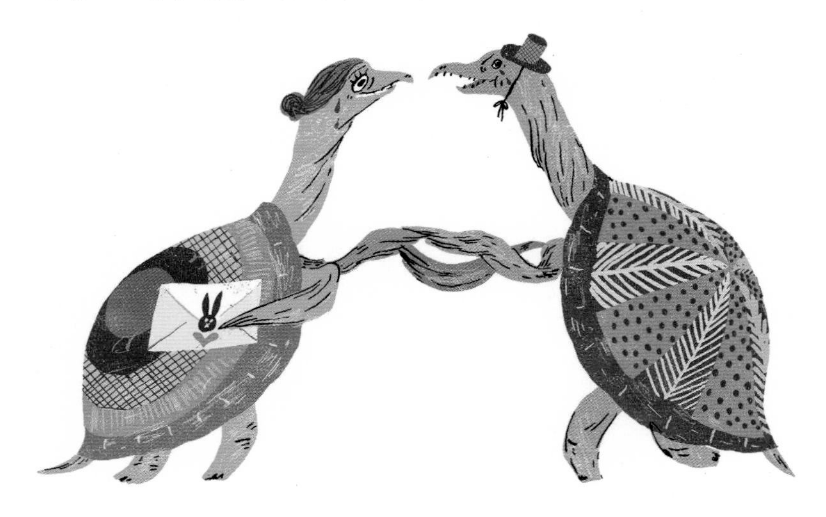

대를 보내어 하룻밤 함께 지내게 하시니 깊고도 귀한 정이 비할 곳 전혀 없었사옵니다. 풍채 좋은 우리 낭군, 늦게 만난 것이 안타깝지만 이제부터라도 이별 말고 한평생 살고 싶사옵니다.

하지만 나랏일에 얽매인 몸, 이렇게 이별하니 서러운 이내 몸 어이 살겠사옵니까? 삼생의 중한 연분 버리지 못해 병든 몸이 되었사옵니다. 차라리 잠이 들어 꿈속에서나 낭군님을 만나 보려 했지만, 무정한 꾀꼬리는 꿈조차 꾸지 못하게 합니다. 은하수 오작교에 직녀성이 되어서라도 칠월 칠석이면 일 년에 한 번 우리 낭군 보고지고. 인연이 소중하다지만 수국과 인간 세계 너무나 아득하여 기약조차 할 수 없으니, 아깝고 애달프오. 이 몸이 죽고 죽어 만 번을 다시 죽어 후세에 여자 되어 사람 세상에 다시 나서 낭군과 서로 만나 이승에서 못다 푼 정 실컷 풀고 싶습니다.

멋도 없고 인물도 없는 별주부, 나는 싫사옵니다. 나는 이제 싫사옵니다. 붓을 잡아 쓰려 하니 하염없는 이내 눈물 줄줄이 솟아나고, 가슴이 답답해집니다. 대강 적어 부치나니 어서 바삐 돌아와서 죽어 가는 이내 목숨 잠시라도 건져 주시기 간절히 바라옵나이다. 할 말씀 끝이 없사오나 다하자 한즉 내 속이 너무 상하옵기로 그만 그치나이다.

토끼 갈 길이 급하고 남의 눈이 거슬려 답장을 하지 못하고 다만 다녀온 후에 반갑게 만나자는 뜻만 전한다.

• **삼생**(三生) 전생(前生), 현생(現生), 내생(來生)을 통틀어 이르는 말.

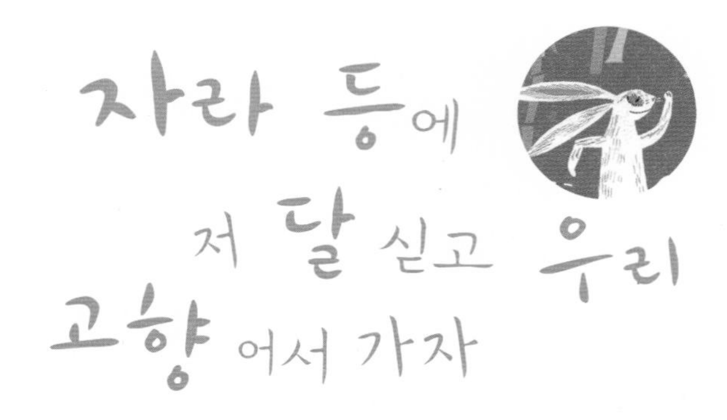

토끼가 별주부의 등에 업혀 다시 물속으로 들어가니 고국 강산이 눈앞에 어른거린다. 기쁜 마음 이기지 못하고 토끼가 크게 웃으니 별주부가 웃는 뜻을 묻는다.

"내 본래 바람기가 좀 있었는데, 바닷바람에 몸이 상해서 그렇소."

별주부가 웃고 은근하게 말한다.

"이번에 우리 둘이 공을 세워 돌아가면 선생은 대왕의 사부가 되어 틀림없이 높은 대접을 받을 것이오. 우리 둘이 풍파를 헤치고 이렇게 수차례 함께한 일 부디 잊지 마시오. 무사히 일을 마치고 돌아가면 별부인의 정을 생각해서라도 용왕께 좋은 말씀드려 주오."

토끼가 속으로는 비웃으면서도 겉으로는 허락한다. 걸음을 재촉하는 토끼 입에서는 노랫소리가 절로 나온다.

푸른 물결 위로 둥둥 떠서
가자 가자 어서 가자,
삼산은 반이나 구름 속에 가려
푸른 하늘 멀리 떨어진 듯 우뚝 솟아 있고,
두 줄기로 나뉜 강물은 백로주를 끼고 흘러간다.
해는 긴 모래밭에 떨어지고
가을 산 빛은 멀리 아득하구나.

한 곳에 다다르니 군자 하나 서 있다. 푸른 옷을 입고 관을 쓴 그 모습이 몹시도 초췌하다. 토끼 일행을 본 그 사람이 손을 들어 인사를 한다.

"오가는 물길이 천 리 만 리는 될 텐데, 공은 무엇 때문에 여기에 왔소?"

토끼가 대답한다.

"모든 산이 제집이라 볼만한 경치 두루 보고, 몸 또한 사람에게 매이지 않았으니 이렇게 마음대로 다닐 수 있다오. 그런데 그대는 무엇 때문에 여기에 왔소?"

군자가 눈물을 흘리고 길게 탄식한다.

"그대는 삼려대부가 물고기 배 속에 장사 지냈다는 것을 모르시는

• **삼산은 ~ 흘러간다** 이백의 시 〈등금릉봉황대(登金陵鳳凰臺)〉에 나오는 구절.

구려. 내 일찍 세상에서 한 임금을 섬겼더니 때가 불행하여 물에 빠져 죽게 되었소. 그대가 해와 달 밝은 세상으로 나가거든 이내 서러운 사연이나 친구들에게 전해 주시오."

토끼가 듣고 보니 이는 곧 물고기 배 속에 장사 지낸 굴원이다. 토끼가 그 군자와 이별하고 또 한 곳을 당도하니 푸른 물결 위에 돛대를 치는 사공이 있다. 바로 월 범여다.

"난간 밖에는 형강의 긴 강물이 밤낮 없이 흐르니, 등왕각이 여기로구나."

백마주 급히 지나 적벽강에 당도하니 소자첨 배를 띄우고 놀던 곳에 달이 떠오른다.

"달이 동산 위에 떠올라 북두성과 견우성 사이에서 오락가락하니 백로가 강을 가로질러 건너는구나. 자라 등에 저 달 싣고 우리 고향 어서 가자. 고향으로 돌아가서 밝은 달을 벗 삼아 지내면 그 아니 좋을쏘냐?"

물가에 점점 가까이 오니 토끼는 마음이 급해진다. 육지에 당도하기

도 전에 자라 등에서 펄쩍 뛰다가 물에 빠져 죽을 지경이 된다. 별주부가 놀라서 급히 달려들어 토끼를 구해 낸다.

토끼는 백사장에 오르자마자 가로로 뛰고 세로로 뛰며 기쁨을 감추지 못한다. 또 앞으로 뛰었다가 뒤로 뛰었다가 하면서 별주부에게 무수히 욕을 한다.

"저절로 생긴 오장육부 어찌 함부로 바꿀 수 있겠는가? 간을 꺼내고 넣고 한다는 말은 듣도 보도 못했다. 네 임금 어리석고 네 조정 신하 미련하더라. 함정에 든 범이요, 우물에 든 고기를 살려 보내고 골수에 깊이 든 병 고치고자 했더냐? 산중 토생원을 뉘라서 유인하랴? 꾀도 많고 말솜씨도 대단하구나. 산속 재미 부족하다고 수국에 벼슬하러 갔다가 거의 죽게 되었더니, 천신만고 살았구나. 이내 계교 생각하면 묘할 묘 자 이 아닌가?

내 배 속에 간이 잔뜩 들었다만, 미련하다 저 자라야, 배 속에 있는 간을 어찌 마음대로 할 수 있단 말이냐? 네 충성 지극키로 병든 용왕 살리자고 성한 토끼 나 죽으랴? 수국이 좋다 해도 이 산중만 못하더라. 너의 수국 맛난 음식 도토리만 못하더라. 천일주가 좋다 해도 맛좋은 물만 못하더라. 불로초가 좋다 해도 칡뿌리만 못하더라."

토끼가 이리 뛰고 저리 뛰며 잔방귀를 통통 뀐다.

"기특하다 밑구멍아, 손 맞더라 밑구멍아. 만일 둘밖에 없었던들,

• **월 범여** 중국 춘추 시대 초나라 사람. 월나라 임금 구천을 도와 오나라를 멸망시켜 상장군이 되었으나, 벼슬을 마다하고 제나라에 가서 지냈다.

이내 목숨 벌써 죽었을 것을. 내가 용왕같이 미련하고 용왕이 나같이 슬기로웠다면 수국에서 벌써 죽었을 것을. 이렇게 살아난 것도 다 내 재주가 아니겠느냐?

어리석은 별주부야! 네 충성이 지극하니 명약이나 일러 주마. 너의 수국에 암자라 많더구나. 하루에 일천오백 마리씩 달여 석 달 열흘만 먹이고, 복쟁이 가루 천 섬을 가지고 오동나무 열매같이 만들어라. 그래 가지고 용왕 입에다 전지를 딱 들이대고 억지로라도 다 먹여라. 그러면 살든지 죽든지 결판이 날 것이다.

자라야 잘 가거라. 무슨 일로 너 왔더냐? 생각하면 할수록 우습구나. 네 마음 원통하거든 다시 꾀를 내어 나를 데려가 보아라. 네 사정 생각하면 원통타 하겠지만, 네 체면 세워 주자고 내 목숨 어찌하겠느냐? 고국에 돌아오니 시원하기도 시원하구나. 다만, 네 아내와 못다 푼 정, 꿈속인 양 아득하구나. 네 집에 돌아가거든 아무 탈 없이 나 온 소식 대강이나 전해라."

별주부는 아직도 토끼 말을 제대로 알아듣지 못하고 있다.

"실없는 소리 말고 간 둔 데나 속히 갑시다."

토끼가 껄껄 웃는다.

"어허, 헛된 자식 많이 보겠구나. 미련하고 우스운 놈아, 간 둔 곳이 별 곳이냐? 배 속에 든 간을 어떻게 준단 말이냐? 어리석은 별주부

- **복쟁이** 흰점복. 몸빛이 검고 흰 점이 많이 난 물고기로, 껍질, 내장, 살에 독이 있다.
- **전지** 아이들에게 억지로 약을 먹이려 할 때 위아래 턱을 벌려 입에 물리는 두 갈래가 진 막대.

야, 나 같은 영웅호걸이 어찌 너의 수국에 있겠느냐? 힘 좋고 용맹 있거든 뭍으로 나와서 한번 붙어 보자. 고향에 돌아오니 내 친구 많기도 많구나. 내 한번 소리치면 앞산의 호랑이 숙부, 뒷산의 사슴 벗님, 꾀 많은 여우 친구, 내 아들 토끼 등이 산천을 주름잡고 한꺼번에 달려들 텐데 너같이 못난 자식 혼이나 남겠느냐? 날 잡으러 왔다가 너마저 죽는다면 그보다 원통한 일 없으리라. 정 믿지 못하겠거든 내 뒤를 따라와 보아라."

토끼가 산속으로 뛰어 들어가니 자라는 토끼를 놓치고 기가 막혀 울음을 운다.

"애고, 애고, 애고, 애고, 어디 가서 토끼를 잡을꼬? 이렇게 맹랑한 일이 또 어디 있단 말인가? 내 충성 부족하든가 대왕의 명이 짧든가? 수궁까지 갔던 토끼 너른 산속 다시 놓아주니, 이제 어디 가서 다시 토끼를 잡으리오. 우리 대왕 죽고 나면 수국의 모든 일을 누구와 의논할 수 있단 말인가? 우리 나라 굳은 사직 속절없이 되었구나. 애고애고, 설운지고."

별주부는 수국으로 들어가지 못하고 그 길로 소상강으로 돌아가서 대숲에 의지하여 살아간다.

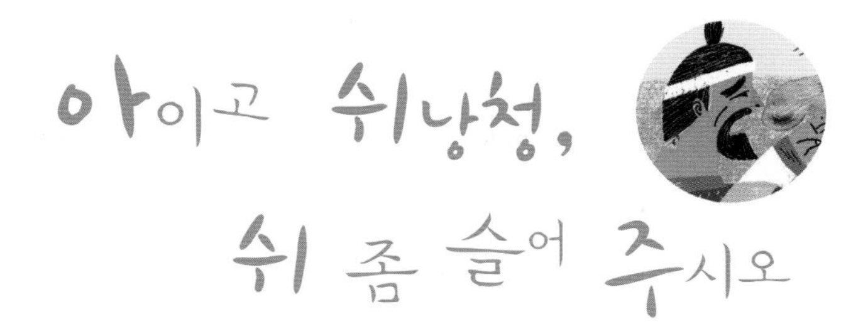

토끼는 다시 살아난 기쁨을 이기지 못하고 금잔디 밭에 가 대그르르르 뒹굴며 귀를 털고 생방정을 다 떤다.

"관대장자 한고조 재간 많기 나만 하며, 운주결승 장자방 꾀 많기가 나만 한가? 신출귀몰 제갈량 조화 많기 나만 하며, 무릉도원 신선 한가하기가 나만 한가? 예전에 듣던 청산 두견, 다시 듣는 저 새소리, 수국 만 리 갔던 벗님이 고국산천으로 돌아오니 어찌 이리도 반가우냐."

시냇가로 앙금 살랑 돌아가며 난초도 뜯어 먹고, 조약돌도 담쑥 집어 공기도 놀아 보고, 버들잎을 쪼로록 훑어 맑은 물에 띄워도 보고, 선웃음 군소리로 까불거리며 점점 깊은 산속으로 들어간다. 깡똥깡똥 살랑살랑 앙금 팔짝 뛰어가던 토끼가 산짐승 잡으려고 쳐 놓은 그물에 덜컥 뒷발이 걸린다.

"아이고 나 또 죽네. 아이고, 나 또 죽네. 내가 차라리 수국에서 죽었더라면 나무 비석이라도 세워 주고 설, 한식, 단오, 추석 제사나 착실히 받아먹을 것을, 이제는 속절없이 내가 죽는구나."

대롱대롱 매달려 울고 있을 때 뜻밖에 어디서 쉬파리 떼가 앵하고 날아온다.

"아이고 쉬낭청 사촌들, 어디 갔다 오시오?"

"오, 너 제대로 걸렸구나. 너 이놈 뻣뻣이 그냥 죽어라."

"내가 이렇게 걸려서 살아날 길이 없소. 그러니 내 몸에다 쉬나 좀 담뿍 슬어 주시오. 그러면 나 꼭 살아날 꾀가 하나 있소."

"어라, 이놈 네가 아무리 꾀가 많다고는 하지마는 사람의 손을 어찌 당한단 말이냐?"

"아이고, 대체 사람의 손이라는 게 어떻게 생긴 것이오?"

"사람 손의 내력을 들려줄 테니 들어 봐라. 사람 내력을 들어라, 사람 손 내력을 들어라. 사람의 손이라 하는 것이 엎어 놓으면 하늘이요, 뒤집어 놓으면 땅인데, 요리조리 패인 금은 해와 달이 다니는 길이다. 하늘과 땅의 조화를 손안에 다 가졌으니 사람 손을 어찌 당할 수 있겠느냐. 네 아무리 꾀를 낸들 사람의 손은 당하지 못하리라. 두말 말고 그냥 죽어라. 너는 글쎄 죽는 것이 네 운수니까 그저 죽어라."

"여보시오, 죽고 살기는 내 꾀에 달렸으니 있는 쉬 아끼지 말고 제발 좀 슬어 주시오."

"그러면 그리해라."

수백 마리가 달려들어서 토끼털 속에다 빈틈 하나 없이 쉬를 담뿍 슬어 놓는다. 토끼가 쉬 한 짐 담뿍 짊어지고 죽은 듯이 눈만 깜작깜작 하고 있을 때, 저 아래서 나무꾼들이 지게 갈퀴를 짊어지고, 메나리를 부르며 나무하러 올라온다.

어이가리 너, 어이가리 너
어이가리 넘자 너화로구나
하느님이 사람을 낼 제 후하고 박함이 없건마는
우리 놈의 팔자는 무슨 놈의 팔자길래
날만 새면 지게 갈퀴를 짊어지고
심산궁곡이 웬일이냐.
여보아라, 친구들아
나는 이 골을 베고 너는 저 골을 베어라
부러진 잡목 떨어진 낙엽을 긁고 베고 엄똥그려
부모 공경 처자 보호 힘대로 하여 보자
어이가리 넘자 너화로구나
어이가리 너 너화로구나.

- **관대장자(寬大長者)** 성품이 너그럽고 점잖은 사람.
- **운주결승 장자방(運籌決勝 張子房)** 대나무를 가늘게 쪼개어 만든 셈 가지로, 《주역》의 괘를 뽑아 전쟁에 이길 것을 점쳤던 장량. 자방은 그의 자이다. 한나라를 세우는 데 큰 공을 세웠으며 전략을 잘 짰다고 한다.
- **쉬낭청** 낭청(郎廳)은 나라 안팎의 군사 기밀을 맡아보던 벼슬. 쉬는 파리의 알을 뜻한다.
- **메나리** 경상도, 전라도, 충청도 지방에 전해 오는 농부가. 노랫말은 지방마다 조금씩 다르나 슬프고 처량한 음조를 띤다.

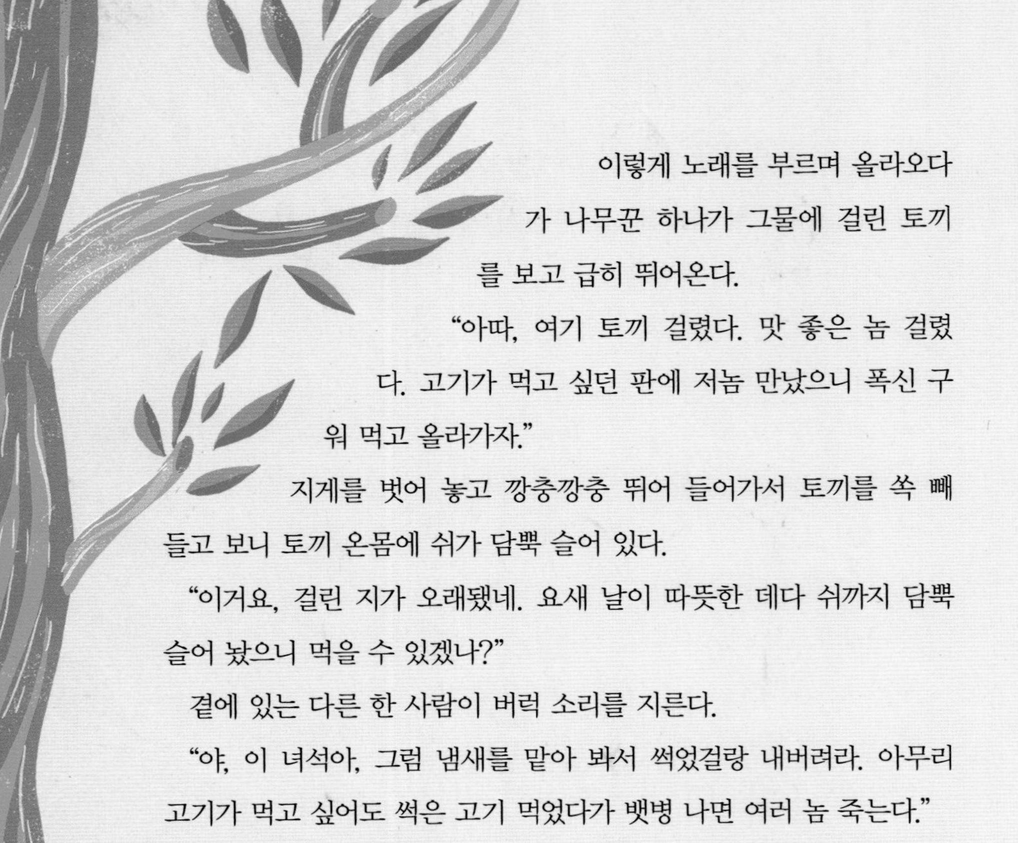

이렇게 노래를 부르며 올라오다 가 나무꾼 하나가 그물에 걸린 토끼를 보고 급히 뛰어온다.

"아따, 여기 토끼 걸렸다. 맛 좋은 놈 걸렸다. 고기가 먹고 싶던 판에 저놈 만났으니 폭신 구워 먹고 올라가자."

지게를 벗어 놓고 깡충깡충 뛰어 들어가서 토끼를 쏙 빼 들고 보니 토끼 온몸에 쉬가 담뿍 슬어 있다.

"이거요, 걸린 지가 오래됐네. 요새 날이 따뜻한 데다 쉬까지 담뿍 슬어 놨으니 먹을 수 있겠나?"

곁에 있는 다른 한 사람이 버럭 소리를 지른다.

"야, 이 녀석아, 그럼 냄새를 맡아 봐서 썩었걸랑 내버려라. 아무리 고기가 먹고 싶어도 썩은 고기 먹었다가 뱃병 나면 여러 놈 죽는다."

이놈이 냄새를 맡는데, 토끼 대가리에 대고 냄새를 맡았으면 아무

탈이 없이 구워 먹고 올라갈 텐데, 일이 잘못되느라고 하필 토끼 궁둥이에다가 코를 딱 대고 냄새를 맡는다. 음흉한 토끼는 삼 년 몽그려 놨던 도토리 방귀를 스르르르 딱 뀐다.

"어따, 구렁이 썩는 냄새가 난다. 이거 못 먹겠다. 내버려 버리자."

휙 집어던지니 토끼가 저 건너로 달아나면서 큰소리를 친다.

"야, 이놈들아! 내가 썩었어? 네놈들 눈구멍이 썩었다. 이 육시를 할 놈들, 멀쩡한 토끼를 썩었다고 하는구나. 기왕 이리 된 것이니 나 노는 구경이나 좀 해라."

나무꾼들이 어이없어 우두커니 서서 보기만 한다.

"얼씨구나 좋을시고, 지화자 좋다. 얼씨구 절씨구 지화자 좋구나. 얼씨구나 좋을시고. 수국까지 잡혀갔던 토끼 멀쩡하게 살아나고 그물 걸려 죽게 되었다 다시 이리 멀쩡하게 살아났구나. 사람의 손이 무섭다 한들 나의 잔꾀를 어찌 당할쏘냐. 얼씨구나 좋을시고 절씨구나 좋을시고."

조선 시대 여인의 삶

누가 별부인에게 돌을 던지랴

여성은 평생 한 지아비만을 따라야 한다는 가치관이 지배적이던 조선 시대에 하룻밤 사이 다른 남자에게 반해 상사병으로 죽어 버린 별부인 같은 여성이 정말 있었을지 의심스럽습니다. 하지만 별부인의 이야기에 많은 사람이 배를 움켜쥐고 웃었던 것을 보면, 윤리와 규범보다 애정을 중시하는 여성들이 실제로도 적지 않았으리라 봅니다. 웃음은 공공연한 비밀을 꼬집을 때 새어 나오는 법이니까요.

자유로운 애정 표현

조선 중기까지만 하더라도 여성의 권익을 존중하는 고려 시대의 전통이 여전히 남아 있었습니다. 남녀 관계에서도 관습에 크게 얽매이지 않았고, 남녀 간의 애정 표현도 비교적 자유로웠습니다. 1586년 이응태의 부인이 남편에게 쓴 편지에서 "여보, 다른 사람들도 우리처럼 서로 어여삐 여기고 사랑할까요? 남들도 정말 우리와 같을까요?"라고 쓴 것을 보면 당시 사람들의 정감 어린 부부 생활을 엿볼 수 있습니다.

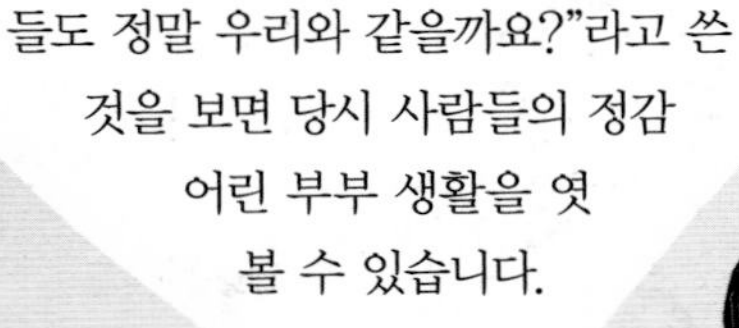

배신에 대한 철저한 응징

사랑이 언제나 핑크 빛일 수는 없다는 진리는 조선 시대에도 통했나 봅니다. 조선 시대의 부부들도 집안일과 자녀 교육 등 갖가지 이유로 서로 싸웠습니다. 하지만 부부 싸움이 가정 파탄에까지 이르게 되는 경우는 역시 남편의 외도 문제가 대부분이었습니다. 조선 중기에는 남편이 첩을 두면 공공연히 이혼을 선언하는 여성들이 있었습니다. 또한 남편을 집에서 내쫓고 병들어 죽게 한 아내도 있었습니다.

또 하나는 덕산 현감 이형간에게 출가했는데, 날씨가 아주 추운데도 이형간에게 금침과 의복을 주지 않고, 또 그가 집에 돌아오면 문을 닫고 들이지 않아 결국은 병을 얻었다. 하루는 이형간이 집에 들어가려 해도 들어갈 수가 없어 바깥채에 누워 있었으나 아무도 와서 돌보는 사람이 없었다. 불을 땐 구들이 과열되었으나 그는 몸을 움직일 기력이 없었으므로 그냥 지쳐서 죽은 것을 아침에야 비로소 알았다.

_《중종실록》 12년 6월 3일 조.

남존여비의 강화

그러나 이러한 여성들의 자유는 17세기 이후 크게 제한됩니다. 임진왜란과 병자호란으로 지배층의 무능이 만천하에 드러나자, 국가 기강을 바로 세우고자 수직적인 유교 질서를 더욱 강조하여 남존여비 사상이 강화되었기 때문이지요. 하지만 조선 후기에도 양반이 아닌 여성들은 개가할 수 있었고, 후대로 갈수록 여성의 개가에 대한 문제 제기가 일어납니다. 이런 흐름이 《토끼전》의 별부인에게도 반영된 것이 아닐까요?

요게 바로 꾀주머니지

토끼가 점점 더 깊은 산속으로 들어가다가 금잔디 넓게 깔린 곳에 가 이리 뒹굴 저리 뒹굴 이리 깡충 저리 깡충 하며 논다.

이때 어디서 '위이' 하는 소리가 나더니마는, 저 공중에서 닭둥우리만한 독수리가 내려와 토끼 대가리를 탁 친다. 토끼가 깜짝 놀라 돌아보니 독수리다.

"아이고 장군님. 어디서 이렇게 오십니까?"

"오, 나 공중에서 멀리 내다보다가 시장해서 너 잡아먹으러 왔다."

"아이고 장군님, 그러면 맛있는 꼬리부터 잡수실 건가요?"

"아니, 맛난 대가리부터 발톱까지 하나도 안 남기고 다 먹어야 배차게 생겼다, 이놈아."

토끼가 곰곰 생각하다가 얼른 꾀 하나를 낸다.

"아이고 장군님, 이왕 저를 잡수시려면 내 설움 타령이나 한번 들어 보고 잡수시오."

"그건 그래라마는 너무 많이 울면 살 빠진다. 이놈 조금만 울어라."

토끼가 청승을 떨며 설움 타령을 한다.

아이고, 아이고, 내 일이야.
아이고, 아이고, 아이고, 내 신세야.
먼먼 수국 땅 들어가서 겨우 얻어 내 온 보물을
텅 빈 굴속에다 던져두고 임자가 없으니 어찌할거나.
아이고, 아이고, 아이고, 내 일이야.

"네 이놈. 금방 죽는 놈이 무엇이 서러워서 그렇게 운단 말이냐?"

"장군님 들어 보시오. 내가 이번에 수국에 갔었습니다."

"그래서?"

"수국 용왕이 나를 타국 짐승이라고 귀하게 여겨 꾀주머니 하나를 줍디다."

"그래서, 꾀주머니라는 것이 무엇이냐, 이놈아."

"글쎄, 들어 보시오. 꾀주머니를 쫙 펼쳐 놓으면 그 안에는 구멍이 여럿 뚫려 있습니다. 한 구멍을 톡 튕기면서 병아리 새끼, 돼지 새끼, 강아지 새끼 나오너라 하면 일천오백 마리가 그저 꾸역꾸역 다 나오고, 또 한 구멍을 톡 튕기면서 썩은 개 창자, 돼지 창자, 병아리 창자 나오너라 해 놓으면 몇 날 며칠이고 그저 꾸역꾸역 다 나옵니다. 이런 보물을 텅 빈 굴속에다 던져두고 금방 발 씻으러 내려왔다가 장군님을 만나서 죽게 생겼으니 그 아니 서럽단 말이오?"

독수리가 가만히 생각해 보니 그게 다 제 밥이다.

"네 이놈, 토끼야. 내가 너를 살려 줄 테니, 꾀주머니 그놈 날 주면 어떠하냐?"

"장군님이 제 목숨만 살려 준다면 드리지요."

"그러면 어디다 두었느냐?"

"저 석산 돌 틈에다 두었으니 나를 들고 그리 갑시다."

"그러자."

독수리가 토끼를 좋은 술병 들듯 발로 꽉 찍어 갖고는 훨훨 날아간다.

"어디냐?"

"여기 여, 돌 틈에 들었소."

"그럼 내가 발로 찍어 내올란다."

"아이고 장군님. 올해 안에 먹으려고 저 깊이 두어서 장군님 발 안 닿을 것이오. 그러니 내 뒷발만 꽉 잡고, 놔 달란 대로만 놔주면 내가 앞발로 가서 찍어 내오리다."

"그러면 그렇게 해라."

독수리가 토끼 뒷발을 꽉 잡고 굴속으로 들여보낸다.

"조금만 놓으시오."

"자."

"조금만 놓으시오."

"자."

"조금만 더 놓으시오."

"자."

"발에 닿을 듯 말 듯하오. 조금만 더 놓으시오."

"어라, 이놈, 너무 지나치구나."

조금씩 조금씩 놓다가 그럭저럭 잡은 것이 토끼 뒷발톱이다.

"조금만 더 놓으시오."

"자."

"조금만 놓으시오."

"자."

"조금만 놓으시오, 놓으시오, 놓으시오."

토끼가 뒷발을 탁 차고 들어가 굴속 깊은 곳에 앉아서 한가한 체하고 시조 한 수를 부른다.

반나마 늙었으니 다시 젊지 못하리라.

이제는 독수리가 기가 막힌다.

"네 이놈 토끼야. 아, 너 이놈아, 꾀주머니는 안 가져 나오고 뭣하고 있느냐?"

토끼가 이제 굴속에서 독수리 약을 올린다.

"너 이놈 독수리야. 내가 너한테 죽을 것을 말이다, 너를 호려 가지고 이 굴 문 앞까지 온 것이 그것이 꾀주머니라는 것이다. 이 때려죽일 놈아."

독수리는 갈수록 더 기가 막힌다.

"너 이놈, 내 발 힘이 얼마나 센지 알지? 발만 들여놓고 휘저으면 어느 발톱에 걸려 나오든지 나올 것이다. 이놈."

"오냐, 이놈아, 발을 들여놓기만 들여놔라. 다른 것도 못 잡아먹게 차돌로 탁탁 쪼아서 없애 버릴 것이다."

"너 이놈, 네가 이놈, 그럼 생전 그 굴속에서 늙어 죽을 것이냐?"

"오냐, 이놈아. 이제는 먹을 것도 많이 장만해 놨겠다, 뭐 나갈 데도 별로 없고, 이제 손자나 봐 주고 내 몸이나 잘 돌보면서 늙을란다."

독수리가 곰곰 생각을 해 보니 저놈 놀란 품이 며칠 동안은 안 나올것 같다. 그제야 토끼에게 속은 줄 알고 독수리는 훨훨 날아간다.

별부인 암자라는 토끼와 이별한 뒤에 그리움이 병이 되어 몇 개월 신음하다 속절없이 죽었다. 수궁에서는 그 내막을 모르고서 별주부를 생각하다 그리되었다 하여 용왕에게 글을 올려 열녀로 표창하게 했다. 용왕도 토끼를 기다리다가 병이 점점 더하여 세자에게 자리를 물려주고 별궁으로 나가 살았다.

그 뒤에 정언 잉어가 죄를 입어 동정호로 유배 갔다가 마침 별주부를 만나 그 소식을 전했다. 별주부 통곡하고 그 길로 돌아와서 아황 여영께 원통한 사정을 올리고 즉시 목숨을 끊었다. 아황 여영이 그 원통함을 알고 별주부 죄 없음을 옥황상제께 아뢰니 옥황상제가 불쌍히 여겨 사신을 용궁에 보내어 별주부 충성을 알게 했다. 용왕은 이미 세상을 떠났고, 왕위를 물려받은 세자가 별주부의 충절을 알고 그 덕을 널리 알렸다.

그 후로 수국이 태평하고 임금의 덕은 하늘과 땅 같았으며 신하들의 공은 해와 달같이 밝았다 하니, 그 뒤야 누가 알겠는가?

《토끼전》의 이본 소개

다양한 가치의 경합 무대

같은 작품이지만 내용이 조금씩 다르게 전해진 것을 이본이라고 합니다. 오랜 세월 동안 여러 사람이 각자 자신의 생각을 넣어 이야기를 조금씩 다르게 만들어 전하면서 생긴 것이지요. 따라서 이본을 비교해 보면 당시 사람들이 그 작품을 어떻게 받아들였는지, 또 작품 속에 자신들의 꿈과 희망을 어떻게 담아냈는지를 알 수 있습니다. 이본에 따라 내용이 부분적으로 다르게 나타나기도 하고 이야기 전개 과정이 완전히 다른 이본들도 있습니다. 《토끼전》의 경우도 수국에서 죽을 위기에 처했던 토끼가 다시 살아나오는 것으로 이야기가 끝나는 것도 있고, 뒷부분에 새로운 이야기가 다시 전개되는 이본들도 있습니다. 우리 고전 소설은 내용이 조금씩 달라도 결말은 한결같은데, 《토끼전》은 결말조차 다르게 나타나기도 합니다.

용왕은 어떻게 해서 병이 들었는가?

경판본 〈토생전〉
우연히
병을 얻어 병세가 점점
심해졌으나 백 가지 약이
효험이 없어

국립도서관본
일일은 왕이
사신을 데리고 망월루에
올라 월색을 구경하더니
홀연 기운이 불평하여

중산 〈망월전〉
용왕이 풍백과 뇌공을
거느리고 삼일 동안 비를 준
후에 찬 바람과 뜨거운 열기에
몸이 상하여 돌아와 오래지
않아 병이 들어

가람본 〈토긔전〉
비 주는 때
아니면 매일 주색으로
즐기다가 우연 병을
얻으니

이렇듯 판본에 따라서 용왕이 병든 이유가 다릅니다. 이러한 차이는 왜 생겨난 것일까요? 만약 용왕을 한 나라의 임금이라고 가정한다면 당시 사람들은 용왕이 병든 다양한 이유를 통해 각각 무슨 이야기를 하려고 한 것일까요?

별주부를 보낼까 말까?

육지로 별주부를 보내는 마음들이 서로 다르게 표현되어 있군요. 별주부를 아끼고 사랑하는 마음은 같은데도 어떤 판본에서는 가지 말라고 만류를 하고 어떤 판본에서는 임금의 병을 더 중히 여기며 어서 다녀오라고 합니다. 임금에 대한 충성이 절대적이었던 봉건 시대, 별주부를 보내는 마음들이 각기 달리 표현된 것은 혹 충(忠)이라는 절대적 가치가 변화하는 추세를 반영한 것은 아닐까요?

병든 용왕을 살릴까 죽일까?

김동욱본 〈토별산수록〉

"내 용왕의 병을 위함이 아니라 너의 충심을 가상히 여겨 한 병 감로수를 주나니 돌아가 충심에 공을 이루라." 하고 좌수에 옥호를 내주거늘

국립도서관본

과인이 어리석어 생긴 일이라, 어찌 토끼를 원망하리오. 내 병도 낫지 못하고 수족 같은 신하를 죽였으니 무슨 면목으로 왕위에 있을 것이며 여러 신하를 볼 뜻이 있으리오.

완판본 〈퇴별가〉

내 똥이 매우 좋아 열을 내리게 한다 하고 사람들이 주워다가 앓는 아이를 먹인다. 네 왕도 눈망처에 역기가 과하더라. 갖다가 먹이면 병이 곧 나으리라.

고대본 〈토공전〉

광연이 비록 살아날 약이 있다고 하나 토끼인들 어찌 죽음을 싫어하는 마음이 없겠는가? 광연은 용궁으로 보내고 토끼는 세상으로 놓아주어 각기 그 천명을 즐기게 함이 천의에 순응하는 것이리라.

박봉술 창본 〈수궁가〉

너의 수국에 암자라 많더구나. 하루에 일천오백 마리씩 달여 석 달 열흘만 먹이고 복쟁이 가루 천 섬을 가지고 오동나무 열매같이 만들어라. 그래 가지고 용왕 입에다 전지를 딱 들이대고 억지로라도 다 먹여라. 그러면 살든지 죽든지 결판이 날 것이다.

판본에 따라 병든 용왕은 관음보살에게 선약을 얻거나 토끼 똥이나 암자라, 복쟁이 가루를 먹고 살아나기도 합니다. 또한 병을 치료하지 못하고 끝내 죽기도 하는데, 그런 경우 대개 용왕은 스스로의 잘못을 깨닫고 죽어 갑니다. 이렇게 작품의 결말이 다르게 나타나는 이유는 인물과 사건을 바라보는 시선이 각각 다르기 때문입니다. 여러분은 어떤 결말이 마음에 드는지 생각해 보세요.

별주부, 그는 어떻게 되었는가?

이 두 판본은 별주부가 토끼를 놓친 뒤 수궁으로 돌아가지 못하고 바로 죽거나 망명한 뒤에 죽는 것으로 썼습니다. 하지만 선약을 얻어 가거나 토끼 똥, 복쟁이 가루를 가지고 수궁으로 돌아가 용왕을 살리는 판본도 있지요. 별주부는 충신일까요, 아니면 끝까지 토끼에게 속는 어리석은 인물일까요?

깊이 읽기

풍자와 해학으로 엮어 낸 꿈과 희망

함께 읽기

토끼처럼 용궁에 간다면?

깊이 읽기

풍자와 해학으로 엮어 낸 꿈과 희망

◉ 시대적 상황을 담아낸 우화 소설이자 판소리계 소설

《토끼전》은 짐승과 물고기 들이 등장하여 인간 세상의 일을 이야기하는 소설입니다. 이러한 소설을 우화 소설이라 합니다. 우화 소설이란 대체로 부정적인 현실을 풍자하거나 비판하는 내용을 담고 있습니다. 따라서 사람들이 마음속에 품고 있는 모순된 생각들을 드러내서 비판하는 데도 효과가 있답니다.

사람의 일을 이야기하는 데 사람이 아닌 짐승을 등장시킨 이유는 무엇일까요? 우선, 비판하고자 하는 내용이 쉽게 말할 수 없는 것이기 때문에 간접적으로 짐승들의 입을 통해 말하게 했다고 볼 수 있겠지요. 가령, 자기보다 힘센 사람에 대해 비판할 때 곧장 이야기해 버리면 충돌이 일어날 수 있고 또 해를 당할 수 있기 때문에 에둘러 하는 것과 같습니다. 하지만 단지 충돌을 피하기 위한 수단으로만 우화의 수법을 취한 것은 아닙니다. 오히려 동물의 단순한 성격과 그로 인해 빚어지는 갈등을 통해 인간 사회의 모순을 보다 선명하게 부각할 수 있었기 때문에 우화의 수법으로 인간 사회를 풍자하고 비판한 것입니다.

조선 후기에 우화 소설이 많이 나온 이유가 바로 우화의 이런 특성 때문입니다. 봉건 사회가 해체되어 가던 조선 후기에는 지배 계층의 횡포가 심했습니다. 당연히 민중은 힘겨운 삶을 살 수밖에 없었답니다. 또한 근대 사회로 나아가는 과정에서 봉건 사회를 지탱했던 가치관 역시 많은 혼란을 겪습니다. 이 시기에 나온 《장끼전》이 장끼로 대표되는 가부장의 권위 의식을 비판하고 있으며, 더 나아가 과부가 되면 다시 시집가는 것을 금지했던 봉건 윤리에 대한 비판적 목소리를 담고 있는 것은 시대적 특징을 반영한 것이라 할 수 있습니다. 《서옥기》 역시 지배층의 수탈로 인해 힘겨운 삶을 살 수밖에 없었던 민중의 삶을 예리하게 그려 내고 있습니다. 이와 같이 조선 후기의 우화 소설은 봉건 사회 해체기에 나타나는 온갖 문제를 이야기 속으로 끌고 들어와 이를 신랄하게 비판하면서 동시에 새로운 세계를 향한 열망을 담아내고 있습니다.

《토끼전》은 판소리계 소설이기도 합니다. 판소리계 소설이란 원래 공연을 위해 만들어진 판소리가 읽기 위해 만들어진 소설로 바뀐 것을 말합니다. 여러분이 이미 잘 알고 있는 《춘향전》, 《심청전》, 《흥부전》 들이 판소리계 소설이지요. 이 소설들 역시 조선 후기의 시대 상황을 잘 담아내고 있습니다. 힘든 시기를 살아갈 수밖에 없었던 당시 사람들의 꿈과 희망도 절절하게 녹아 있습니다. 그래서 판소리를 대표적인 민중 연행 예술로 보며 이를 이어받은 소설들 역시 조선 후기를 대표할 만한 소설로 꼽는 것입니다.

《토끼전》이 우화 소설이면서 판소리계 소설이라는 것은 상당한 의미가 있습니다. 우화 소설은 당대 현실을 에둘러 비판하는 것이며, 판소리 역시 당대 민중의 꿈과 희망을 노래한 것이기 때문입니다. 그렇다면 당시 사람들은 《토끼전》을 통해 어떤 현실을 비판하고자 했으며, 어떤 꿈과 희망을 담아내고자 했을까요? 이미 여러분이 작품을 읽는 과정에서 어느 정도 정리를 했겠지만, 토끼가 살았던 현실을 비롯하여 토끼와 용왕의 대립을 통해, 그리고 별주부라는 인물을 통해 우리는 당시 사람들이 보여주고자 했던 꿈과 희망에 가까이 다가갈 수 있을 것입니다.

토끼가 처했던 당대의 현실

《토끼전》에는 여러 물고기와 짐승이 등장하지만 가장 중요한 인물은 뭐니 뭐니 해도 토끼입니다. 한때 자라의 유혹에 빠져 용궁으로 끌려간 토끼, 그래서 목숨을 잃을 절대적 위기 상황에 처하지만 토끼는 꾀를 발휘하여 용궁에서 벗어납니다. 그뿐이 아닙니다. 그물에 걸리고 독수리에게 잡히지만 끝내 자신의 목숨을 지켜 냅니다. 분명 토끼는 예사로운 인물이 아닙니다. 토끼에게 되풀이되며 닥치는 위기 상황과 이를 극복해 나가는 토끼의 지혜에는 어떤 의미가 담겨 있을까요? 이를 제대로 이해하기 위해서는 토끼가 살았던 세계가 어떤 곳인지를 알아야 합니다.

자라를 앞에 두고 토끼는 자신이 살고 있는 산중 세계가 얼마나 아름다운 곳인지를 장황하게 늘어놓습니다. 사계절의 아름다운 경치를 벗 삼아 지내면서 임자 없는 산과일, 나무 열매를 마음껏 먹을 수 있으니 이보다 더 풍족하고 한가로운 생활이 없다는 것이지요. 하지만 토끼의 이러한 자랑은 자라의 이어지는 말에 여지없이 무너지고 맙니다. 토끼의 말처럼 현실은 그렇게 아름답기만 하진 않지요. 자라는 토끼가 처한 어려움을 팔난(八難)으로 이야기하는데, 팔난이란 살아가면서 겪는 여덟 가지의 어려움을 말합니다.

> "내 이를 테니 한번 들어 보시오. 봄가을이 다 지나고 찬 바람 불어 산과 계곡에 눈 쌓이면 앵무 원앙 끊어지고 풀과 나무 쓰러질 텐데, 그대 신세 과연 어떻게 되겠소? 먹을 열매 전혀 없어 고픈 배 틀어쥐고 발바닥만 핥을 때, 어둑한 바위틈에 던져진 듯 홀로 앉은 그 모습이 서글프지 않소? 엄동설한 다 보내고 춘삼월 돌아오면 주린 배를 채울 수 있다 하지만, 먹이 찾아다니다가 목 타래에 떨꺽 치면 토끼 그대 신세가 어떻게 되겠소? 죽지 않으려고 발버둥을 치다가 가슴에 불이 붙어 오장이 다 녹을 텐데, 어느 경황에 경치 구경 한단 말이오? 이게 팔난 중 하나가 아니겠소?"

토끼가 주린 배를 채우기 위해 산봉우리로만 다닌다고 하면 자라는 산봉우리에는 매사냥을 지휘하는 수할치가 있다고 합니다. 그리고 산 중간으로 다니면 그곳에는 총 잘 쏘는 포수가 있으며 넓은 들판으로 다닌다고 하면 그곳에는 목동과 농부, 사냥개가 있다고 합니다.

이처럼 자라에 의해 밝혀진 현실은 도저히 마음 놓고 살아갈 수 없는 곳으로 바뀌어 버리고 맙니다. 특히 토끼는 이미 총 때문에 조부와 부친, 그리고 형을 잃기도 했습니다.

이러한 현실에 처한 토끼에게 자라의 유혹은 예사롭게 들리지 않습니다. 게다가 목숨을 지키는 일조차 쉽지 않았던 토끼에게 자라가 펼쳐 놓은 수국 세계는 침을 꼴깍 삼킬 정도로 구미가 당기는 것이었습니다.

> "진실로 토생원께서도 이 험한 세상에 있지 말고 나를 따라 수국에 갑시다. 그대 같은 준수한 남자를 우리 용왕께서 아시면 해를 타고 올라와서 부르시어 당장에 훈련대장 제수하실 것입니다. 말만 한 황금 도장을 허리 아래 비껴 차고, 높은 자리 올라앉아 백관을 지휘할 때 '이리할 일 이리하고, 저리할 일 저리하라.' 호령 한번 내리면 누가 감히 거역하겠소? 나랏일 마친 후에 별당으로 돌아오면 차 달이는 옥동자와 촛대 잡은 선녀들이 수놓은 비단으로 몸을 싸고 주옥으로 단장하여 그대만 기다리고 있을 텐데 이보다 좋은 곳이 수국 말고 또 어디 있겠소?"

벼슬뿐 아니라 아름다운 여인과 마음껏 놀 수 있다는 말까지 들은 토끼는 마음이 심하게 흔들립니다. 여우가 나타나 만류하면서 잠시 흔들리기도 했지만 토끼는 결국 자라를 따라 길을 떠납니다. 가장 중요한 이유가 수국에는 총도 없고 수할치도 없으며 사냥개, 농부, 목동이 없기 때문입니다.

이렇게 볼 때 토끼가 자라의 유혹에 빠지고 만 이유는 벼슬이나 아름다운 여인에 대한 욕심 때문이기도 하겠지만, 더 중요한 것은 산중 세계가 자신의 목숨을 지키기에는 너무나 위험한 곳이라는 생각 때문일 테지요.

토끼가 처했던 이러한 현실은 토끼에게만 한정된 것은 아닙니다. 자라가 육지에 나가 맨 먼저 만난 우생원 역시, 살아서는 인간을 위해 온갖 고생을 다해야 했고 죽어서도 남는 것 하나 없이 인간에게 모든 것을 바쳐야만 했습니다.

토끼와 우생원이 살았던 현실을 인간 세상의 상황으로 바꾸어 보면 어떤 모습일까요? 토끼가 살아가면서 맞닥뜨려야 하는 팔난은 힘없는 인간이 살아가면서 부닥칠 수밖에 없는 어려움으로 볼 수 있지 않을까요? 이를 구체적으로 확인하기 위해 우리는 잠시 판소리 〈수궁가〉와 소설 《토끼전》이 많은 인기를 누렸던 조선 후기의 시대적 상황을 들여다볼 필요가 있습니다.

임진왜란과 병자호란이 끝나고 난 뒤 조선은 경제적으로 몹시 어려운 상황에 처합니다. 긴긴 전쟁을 치르는 동안 나라의 재정이 거의 바닥났기 때문이지요. 당연히 백성들의 삶 역시 무척 어려웠습니다. 백성들은 바닥난 재정을 충당하기 위해 가혹한 세금에 시달렸습니다. 게다가 세도 정치가 이어지면서 세도가에게 뇌물을 바치고 벼슬을 산 관리들이 백성들을 가혹하게 착취하기도 했답니다.

한편 조선 후기는 민중이 자신의 힘을 자각하는 시기이기도 했습니다. 나라가 위기에 처했을 때 그 위기를 이겨 낸 것이 바로 자신들의 힘이었다는 것을 깨달았지요. 1894년에 일어났던 동학 농민 전쟁은 각성된 민중의 힘이 어떠한지를 단적으로 보여 준 사건입니다. 이외에도 홍경래 난, 진주 민란 등 많은 저항 운동이 일어난 것도 바로 이 시기입니다.

이렇게 볼 때 위기의 순간마다 지혜로 이를 극복해 가는 토끼의 모습에서 조선 후기 힘든 삶을 살았던 민중의 모습을 떠올리는 것은 그리 어렵지 않습니다. 그리고 토끼의 행동에 대해서도 더 잘 이해할 수 있습니다. 가끔씩 경망스럽게 행동하기도 하고 또 허세를 부리며 욕심을 내기도 하지만, 살아남기에 급급했던 상황에서 차분하게 생각하고 행동할 겨를이 없었던 민중의 삶을 생각하면 토끼의 행동을 이해할 수 있다는 것이지요.

또한 토끼의 부정적인 모습은 시련을 극복해 나가는 과정에서 긍정적인 모습으로 바뀝니다. 경망스럽고 허세를 부리던 태도에서 주도면밀하고 당당하게 행동하는 모습으로 변하지요. 수궁에 도착했을 때 '우리 인간 세상에 이러한 곳이 흰쌀에 뉘만큼만 있다 해도 이렇게 힘든 걸음을 하지는 않았을 것'이라며 자신이 살고 있는 세상에 염증을 느끼던 토끼가 시련을 극복하고 난 뒤에는 "불로초가 좋다 해도 칡뿌리만 못하더라." 하면서 현실 세계를 긍정합니다. 수국의 맛난 음식과 천일주, 불로초보다 자신이 늘 먹고 마시는 도토리와 물이 더 좋다는 것을 깨달은 것이지요. 이처럼 토끼는 위기를 극복해 가는 과정을 통해 현실 세계를 긍정하게 되고 더 나은 인물로 발전합니다. 그리고 우리는 토끼의 발전해 가는 모습을 통해 조선 후기 민중의 모습을 상상해 볼 수 있습니다.

차별적 인간관을 넘어

토끼가 살고 있는 세계가 조선 후기의 현실을 그린 것이라면, 용왕이 살고 있는 수국은 또 어떤 세계일까요? 그 세계를 구성하고 있는 인물들과 그들이 벌이는 사건을 눈여겨보면 답을 찾을 수 있습니다.

수국 세계에는 병든 용왕이 있습니다. 이본마다 병든 원인을 다르게 말하고 있지만 병든 용왕을 고치기 위해 토끼의 간을 필요로 한다는 것은 모든 이본에 동일하게 나타납니다. 그리고 병에 걸린 용왕의 모습에서 왕으로서의 위엄이나 왕다움은 찾아보기가 어렵습니다. 온갖 지저분한 병에 다 걸린 모습이지요.

> 두통으로 지끈거리는 머리는 온통 부스럼투성이며, 귀로는 소리를 들을 수 없다. 눈에는 쌍다래끼가 나서 사물을 제대로 볼 수 없고, 콧구멍에는 부스럼이 생겨 숨을 쉬기조차 어렵다. 혀는 갈수록 뻣뻣해지고 어깨와 팔은 저려서 제대로 움직일 수 없으며, 설사와 이질이 겹쳐 음식을 먹으면 즉시 위아래로 쏟아 낸다. 게다가 밑구멍에는 치질까지 걸리니 온몸이 퉁퉁 부어 손가락이 다리 같고 다리가 허리 같고 허리가 큰 궁궐의 대들보 같다. 코는 벌럭벌럭 눈은 끔쩍끔쩍 불알은 달랑달랑, 온몸을 둘러보니 앓는 곳을 제하면 성한 곳이 거의 없다.

이렇게 병에 걸린 용왕은 무능하기 짝이 없는 인물입니다. 그저 울기만 할 뿐, 자신의 병을 고칠 방법을 찾지 못하고 있습니다. 신하들도 마찬가지입니다. 어찌할 바를 모르고 서로의 얼굴만 쳐다볼 뿐이지요. 겨우 한다는 말이 천하의 명의를 불러다 병을 다스려 보라는 것이었습니다.

하늘나라의 태을선관이 나타나 토끼의 간이 있으면 용왕의 병을 낫게 할 수 있다고 하지만, 이제는 토끼 간을 구할 길이 아득하기만 합니다. '인간 세상으로 들어가기 어려운 것과 구하고 못 구하는 것은 우리 수국의 힘에 달린 것'이라고 큰소리치던 용왕은 곧바로 '바다 밖 해와 달이 밝은 세상에서 푸른 산속으로 거칠 것 없이 다니는 토끼'를 구할 수 없을 것이라고 탄식합니다.

신하들 역시 마찬가지입니다. 용왕과 정언 잉어가 몇몇 신하들을 꼽아 보기도 하고 또 스스로 토끼를 잡으러 가겠다는 신하들이 나서기도 하지만, 이런저런 이유 때문에 하나같이 적절치 못한 것으로 드러납니다. 별주부가 나서서 겨우 문제가 해결되지만, 결국은 문제 해결 능력을 갖지 못한 수국의 무능함만 극대화되어 나타납니다.

이렇게 무능하기 짝이 없는 수국의 인물들이 상징하고 있는 것은 무엇일까요? 앞서 토끼가 처한 현실을 힘겨웠던 조선 후기의 사회상으로 본 것처럼, 용왕의 모습이나 신하들이 사는 수국 세계를 통해 병든 국가의 모습을 읽어 내는 것은 그리 어려운 일이 아닐 것입니다. 특히 '왕이 곧 국가'로 통했던 봉건 사회에서 만들어진 이야기라는 것을 생각한다면, 병든 용왕의 모습이 위기 상황에 처한 국가를 상징한다는 것을 어렵지 않게 알 수 있을 것입니다.

이처럼 병든 용왕이 기울어 가는 국가를 상징하는 것으로 본다면, 왕을 살리기 위해 꼭 필요했던 토끼의 간은 민중의 희생을 의미한다고 볼 수 있습니다. 이미 수명이 다해 가는 낡은 체제를 유지하기 위해서는 특히나 더 많은 희생이 필요했지요. 이런 점은 용왕의 말 속에 잘 나타나 있습니다. 자라가 지혜를 발휘하여 잡아간 토끼를 앞에 두고 용왕은 이렇게 말합니다.

> "토끼 너 듣거라. 내 우연히 병을 얻어 어떤 약도 소용이 없게 되었느니라. 마침 하늘로부터 도사가 내려와서 진맥하고 하는 말이 '살아 있는 토끼의 간을 구하여 먹으면 금방 나으리라.' 하기에 어진 신하를 세상에 보내어 너를 잡아 왔느니라. 죽는다고 한탄하지 말아라. 네가 죄 없는 줄이야 알지만 과인의 한 몸이 너와 달라, 만일 내가 불행해지면 한 나라의 백성과 신하들을 보존하기 어려운 줄

넌들 설마 모르겠느냐. 너 죽고 과인이 살아나면, 수국의 모든 백성 다 살리는 것이니 네가 바로 일등 충신이로다. 너 죽은 후에 네 몸 곱게 묻고 나무 비석이라도 만들어서 세울 것이니라. 또 설, 한식, 단오, 추석 제사를 착실히 지내 줄 것이니 죽는 것을 조금도 한탄하지 마라. 할 말이 있거든 하고 그냥 죽어라."

용왕은 토끼의 죽음이 한 나라의 백성과 신하를 보존하기 위해 꼭 필요한 것이라 말하고 있습니다. 하지만 용왕이 지키고자 한 것이 백성과 신하들은 아닐 것입니다. 자신의 목숨과 자신이 지니고 있는 절대 권력일 것입니다. 한 나라를 대표하는 존재이기 때문에 토끼의 간을 아무렇지도 않게 요구할 수 있다는 논리의 바탕에는 차별적인 인간관이 깔려 있습니다.

하지만 토끼는 다릅니다. 용왕이 거창한 명분을 내세워 자신을 설득하고, 자신이 죽은 뒤 일등 충신으로 대접해 주겠다고 하지만 그것이 자신의 목숨과 맞바꿀 수 있는 것이라고 생각하지 않습니다. 병든 용왕을 살리기 위해 성한 자신이 죽을 수 없다는 것이지요. 이렇게 토끼가 용왕의 설득과 위협에 맞서 자신을 지킬 수 있었던 것은 바로 자신의 존재에 대한 확신 때문이었습니다.

토끼의 이러한 생각은 봉건 시대에는 어울리지 않는 것이었습니다. 왕이 곧 국가였으니, 왕을 위해 목숨을 바치는 것을 너무도 당연한 것으로 여겼던 당시에는 쉽게 접할 수 없는 생각이었고, 또 쉽게 볼 수 없는 행동이었습니다. 별주부가 토끼를 잡으러 나가기 전에 용왕에게 했던 말처럼, "충성을 다하려면 마땅히 목숨을 바쳐야 한다."는 것이 당시에는 너무나 당연한 것으로 받아들여졌기 때문입니다.

비록 봉건적인 사회 체제가 유지되는 모습을 배경으로 하고는 있지만, 《토끼전》에서 토끼가 용왕의 요구에 맞서 자신의 목숨을 지키는 것은 달라져 가는 시대를 고스란히 반영한 것이라고 볼 수 있습니다. 그리고 토끼를 통해 열어 나가고자 했던 세계는 분명 차별적 인간관을 뛰어넘어 모든 존재가 동등하게 인식되는 세계였습니다. 《토끼전》의 또 다른 이본을 보면 이런 사실이 비교적 분명하게 드러나 있습니다.

동해 용왕 광연은 병이 들었으나 도리어 살고 만수산 토끼는 죄가 없으나 도리어 죽는다면, 이는 마땅히 죽어야 할 자가 살고 마땅히 살 자가 죽는 것과 같다. 광연이 비록 살아날 약이 있다고 하나 토끼인들 어찌 죽음을 싫어하는 마음이 없겠는가? 광연은 용궁으로 보내고 토끼는 세상으로 놓아주어 각기 그 천명을 즐기게 함이 천의에 순응하는 것이리라.

옥황상제의 입을 빌려 말하고 있지만, 용왕과 토끼의 목숨을 동등하게 보는 것 자체가 지금까지 사회를 유지해 온 가치관을 한꺼번에 무너뜨릴 수 있는 것이었습니다. 이처럼 《토끼전》은 차별적 인간관을 넘어 모든 존재가 동등하게 대접받을 수 있는 새로운 시대에 대한 열망을 담고 있습니다.

근대 사회로 넘어가는 길목에서

《토끼전》을 읽으면서 우리는 토끼와 용왕의 목숨 건 대결을 흥미롭게 보았습니다. 그리고 토끼가 위기를 극복해 나가는 과정을 함께하면서 그에게 유쾌한 웃음을 보내기도 했습니다. 그런데 《토끼전》에서 우리가 눈여겨보아야 할 인물이 하나 더 있습니다. 바로 별주부입니다.

별주부는 '수국 충신의 후예'로 충성을 최고의 가치로 알고 살아왔습니다. 별주부가 지혜를 발휘하여 토끼를 수궁까지 데리고 올 수 있었던 것도 오로지 충성심 때문이었습니다. 인간 세상에 나가 호랑이에게 호되게 당한 일조차도 자신의 충성심이 부족해서 그렇게 된 것이라 생각할 정도입니다. 그렇기에 많은 사람이 별주부의 충성심을 높게 평가하기도 했습니다. 그래서 《토끼전》의 제목을 달리 《별주부전》, 《별토전》이라 했던 것이지요.

하지만 용왕의 어리석은 욕심 때문에 수국까지 데리고 온 토끼를 놓쳐 버리고 난 뒤 별주부는 갑자기 오갈 데 없는 신세가 되고 맙니다. 이본에 따라 토끼를 놓치고 난 뒤에도 적극적인 역할을 하여 용왕을 살려 내기도 하고 또 장렬하게 죽음으로써 충신의 전형적인 모습을 보이기도 하지만, 대개의 경우 별주부는 비극적인 최후를 맞이합니다. 여러분이 읽은 것처럼 토끼에게 온갖 조롱을 다 당한 뒤에 소상강으로 망명을 했다가 결국은 스스로 목숨을 끊어 버리는 경우도 있고, 또 수국으로 돌아갔지만 용왕에 의해 귀양을 가는 모습으로 그려지기도 합니다.

별주부의 이런 운명은 분명 변해 가는 시대에 그가 능동적으로 대처하지 못했기 때문에 빚어진 것입니다. 오로지 충성심만을 목숨처럼 붙들고 있을 뿐, 새로운 시대에 맞춰 자신의 운명을 개척해 나가는 적극성을 가지지 못했던 것이지요.

물론 별주부를 또 다른 피해자로 볼 수도 있습니다. 자결을 할 수밖에 없었던 것도, 토끼에게 자신의 아내를 바쳐야만 했던 것도 모두 용왕의 욕심으로 인한 것이었기 때문입니다. 그래서 별주부를 마냥 비난할 수만은 없습니다.

하지만 《토끼전》은 별주부라는 인물을 통해 또 다른 문제를 제기하고 있습니다. 바로 봉건 윤리에 대한 것입니다. 별주부가 스스로의 운명을 개척해 나갈 만큼 변화하는 시대에 발 빠르게 대응하지는 못했기 때문에 결국은 비극적인 최후를 맞이했지만, 이를 달리 보면 이전까지 사회를 유지하는 데 결정적인 역할을 했던 '충'이라는 가치가 더 이상 역할을 하지 못한다고 볼 수도 있습니다. 별주부의 노모 역시 같은 태도를 취합니다. 임금을 위한 일이라 하더라도 자식의 목숨이 더 소중하다는 태도는 분명 달라진 사회, 달라진 생각을 반영하고 있는 것입니다.

'충'과 함께 문제되는 것이 바로 '정절'입니다. 비록 극한적 상황에 몰려 어쩔 수 없이 토끼에게 자신의 아내를 바칠 수밖에 없었고, 별부인 역시 어쩔 수 없이 토끼와 하룻밤을 지내게 되었지만, 여기에는 진지한 문제의식이 담겨 있습니다.

> "소첩 별부인은 두 번 절하고 피로 쓴 편지 한 장을 토선생께 올리나이다. 첩은 팔자가 기박하여 열 살이 되기 전에 부모를 여의고 열다섯에 별주부를 만났사옵니다. 하오나 별주부의 성품이 모질고 부부 금슬이 부족하여 마음에 있는 설움 풀 길이 전혀 없었사옵니다. 남모르게 옥황께 피눈물로 소원을 빌었는데, 옥황이 소첩의 정성을 받아들여 준수하신 그대를 보내어 하룻밤 함께 지내게 하

시니 깊고도 귀한 정이 비할 곳 전혀 없었사옵니다. 풍채 좋은 우리 낭군, 늦게 만난 것이 안타깝지만 이제부터라도 이별 말고 한평생 살고 싶사옵니다."

이렇게 별부인이 자신의 남편인 별주부에게 염증을 느끼면서 적극적으로 토끼를 받아들이는 모습 역시 지금까지 사회를 유지하는 데 큰 역할을 한 '정절'에 대한 심각한 문제 제기를 하는 것으로 볼 수 있습니다.

이러한 정절의 문제는 이야기의 앞부분에 이미 복선처럼 깔려 있기도 합니다. 별주부는 토끼를 잡으러 세상에 나오기 직전 아내를 앞에 앉혀 놓고 느닷없이 울음을 웁니다. 자신이 없는 사이에 아내가 자신을 닮은 남생이에게 마음을 주지 않을까 걱정했기 때문입니다.

이런 사실을 통해 우리는 《토끼전》이 근대로 넘어가는 전환기에 이전 사회를 지탱하는 데 많은 역할을 담당한 봉건 윤리에 대해 진지하게 문제를 제기하고 있음을 알 수 있답니다.

지금까지 《토끼전》에 담긴 다양한 의미들을 살펴보았습니다. 그리고 이를 통해 토끼가 처한 현실을 비롯하여 용왕으로 대표되는 봉건 사회의 문제들을 살펴볼 수 있었습니다. 하지만 현재 전하고 있는 다양한 이본들을 생각하면 이처럼 단일한 의미로 《토끼전》을 읽을 수는 없습니다. 이본에 따라 내용의 차이가 너무 크기 때문이지요. 심지어는 결말조차 워낙 다양하기 때문에 《토끼전》의 결말이 무엇인지 단정적으로 말하기도 어렵답니다.

《토끼전》의 내용이 이렇게 이본에 따라 많이 다르다는 것은 무엇을 뜻하는 것일까요? 토끼를 경망스럽게 그리고 용왕을 온전하게 그린 것에는 사람들의 어떤 생각이 담겨 있을까요? 반대로 용왕을 아주 부정적으로 그린 반면, 토끼를 긍정적으로 그린 것에는 어떤 차이가 있을까요?

시대가 변해 가는 과정에는 변화를 두려워하는 무리와 변화를 적극적으로 받아들이는 사람들이 있게 마련이랍니다. 《토끼전》이 다양한 모습을 띠고 있는 것은 바로 이러한 현실을 반영한다고 볼 수 있습니다. 변화를 두려워하는 사람들은 당연히 용왕을 긍정적으로 그렸을 테며, 변화를 이끌어 가는 사람들은 토끼의 활약에 더 큰 박수를 보냈을 것입니다.

책장을 덮으며, 또 다른 《토끼전》을 상상해 보는 것은 어떨까요? 여러분이 만들어 나가고 싶은 세상에 대한 꿈과 희망을 담아서 말입니다. 그것이 고전을 제대로 읽는 길이며, 그렇게 함으로써 여러분 스스로가 이야기를 만들어 내는 이야기꾼이 될 수 있을 것입니다.

함께 읽기

토끼처럼 용궁에 간다면?

- 병든 용왕을 살리기 위해 토끼를 잡으러 나가고자 할 때 많은 신하가 거론됩니다. 용왕과 정언 잉어, 그리고 신하 들이 한 말을 토대로 토끼를 잡는 데 유리한 특기 사항이 무엇인지 이야기해 봅시다. 그리고 이들이 다양한 이유로 탈락하고 마는 모습은 신하들의 어떤 모습을 풍자하고자 한 것인지도 생각해 봅시다.

- 자라는 토끼를 용궁에 데려가기 위해 육지에서 살기 어려운 이유, 즉 '팔난'을 장황하게 늘어놓습니다. 자라는 바다를 상상할 수 있는 가장 좋은 곳인 양 말하고 있지만, 바다에서 사는 삶에도 어려움은 있을 것입니다. 토끼가 자라를 꾀어낸다고 가정하고, 입장을 바꾸어 설득해 봅시다. 또 여기서 얻을 수 있는 교훈은 무엇인지 《토끼전》의 결말과 관련해 생각해 봅시다.

토끼의 입장에서 간을 내준다는 것은 곧 죽음을 의미합니다. 그런데도 용왕은 토끼에게 간을 요구합니다. 용왕이 토끼의 간을 당당히 요구할 수 있는 이유가 무엇인지 생각해 봅시다. 또한 토끼와 같은 위기에 처했다면 어떻게 용왕을 설득하여 상황을 벗어났을지 써 봅시다.

다음은 인디언의 이름에 대한 글입니다. 이 글을 읽어 보고 《토끼전》에 등장하는 인물들 가운데 맘에 드는 인물을 골라, 그에게 어울릴 인디언식 이름을 지어 봅시다.

> 이름을 지을 때 인디언들은 대개 구체적인 사물이나 사건의 명칭을 따서 지었다. 예를 들어 모두가 어디를 가기로 했는데 한 사람이 가기 싫어 했다면 그 사람의 이름을 '가기 싫다'로 부르는 식이었다. 또한 인디언들의 이름에는 힘을 가진 동물들이 자주 등장하고, 생애의 특기할 만한 사건을 겪은 사람의 경우에는 그 사건이 그대로 이름이 되기도 했다. 바람이 몹시 부는 날 태어난 아이는 '바람의 아들'이 되고, 지빠귀가 울면 '지빠귀가 노래해'가 이름이 되었다.

- 용궁에 간 토끼는 지혜를 발휘하여 겨우 목숨을 건집니다. 하지만 육지로 돌아온 뒤에도 그물에 걸리고 독수리에게 잡힙니다. 이러한 육지에서의 고난은 낯선 자라를 따라 선뜻 용궁으로 가게 할 정도로, 토끼에게는 괴로운 것이었는지도 모릅니다. 우리 역시 현실에 만족하지 못하고 답답함이 없는 곳으로 떠나고 싶은 때가 있습니다. 이런 때 여러분은 누구와 함께 어디에 가서 무엇을 하고 싶은지 자유롭게 상상해 봅시다.

- 《토끼전》에는 다양한 이본이 있습니다. 그리고 각 이본에는 독자들의 다양한 소망과 희망이 담겨 있습니다. 여러분은 《토끼전》의 내용을 어떻게 바꾸고 싶은가요? 자신이 특히 맘에 들었던 인물을 선택해서 그 뒤에 그들은 어떻게 살았는지 후일담을 써 봅시다.

참고 문헌

류시화, 《나는 왜 너가 아니고 나인가》, 김영사, 2003.

윤열수, 《민화 이야기》, 디자인하우스, 2003.

정창권, 《홀로 벼슬하며 그대를 생각하노라》, 사계절출판사, 2003.

도움 주신 분들

고화정(영등포여자고등학교)

왕지윤(경인여자고등학교)

이민수(서울 삼정중학교)

임지향(중흥고등학교)

조현종(태릉고등학교)

국어시간에 고전읽기 8
토끼전, 꾀주머니 배 속에 차고 계수나무에 간 달아 놓고

1판 1쇄 발행일 2006년 7월 25일
개정판 1쇄 발행일 2014년 1월 6일
개정판 12쇄 발행일 2023년 10월 23일

기획 전국국어교사모임
지은이 정재화
그린이 윤예지

발행인 김학원
발행처 (주)휴머니스트출판그룹
출판등록 제313-2007-000007호(2007년 1월 5일)
주소 (03991) 서울시 마포구 동교로23길 76(연남동)
전화 02-335-4422 **팩스** 02-334-3427
저자·독자 서비스 humanist@humanistbooks.com
홈페이지 www.humanistbooks.com
유튜브 youtube.com/user/humanistma **포스트** post.naver.com/hmcv
페이스북 facebook.com/hmcv2001 **인스타그램** @humanist_insta

편집책임 문성환 **편집** 윤무재 **디자인** 김태형 유주현 림어소시에이션
스캔·출력 이희수 com. **용지** 화인페이퍼 **인쇄·제본** 정민문화사

ISBN 978-89-5862-665-7 44810